閻魔の女房

北町影同心

沖田 正午

時代小説

二見時代小説文庫

目次

閻魔《えんま》の女房——北町影同心1

第一章　閻魔《えんま》に惚れた女

一

――江戸広しといえど、これほどの女はそうはおるまい。

北町奉行榊原主計頭忠之《さかきばらかずえのかみただゆき》から、そう言わしめられたほどの才女の名は『音乃《おとの》』といった。

その音乃が、北町奉行所定町廻《じょうまちまわ》り同心巽真之介《たつみしんのすけ》のもとに嫁《とつ》いだのは、文政《ぶんせい》五年の、卯月《うづき》二十二日。それから二年近くが過ぎた、文政七年は如月《きさらぎ》の初旬のことである。

春とはいえ、その日は朝から北からの風が吹き寄せる寒い日であった。

「つつがなく、みなが無事に一日を過ごせますように」

暗いうちに起き、まず一番に神棚に手を合わせながら祈りを捧ぐのが、音乃の日課であった。そしてすぐに、夫真之介を仕事に送り出すための炊事に取りかかる。三十俵二人扶《ぶ》ちの蔵米取《くらまい》りでは、家計は苦しい。そのため下女は置いていない。四十七歳になる姑《しゅうとめ》がいるが、貧血気味で早起きに弱く、朝餉《あさげ》の仕度は音乃が努《つと》めて行っていた。

「……きょうもごはんがおいしく炊けそう」

飯炊き釜に吹き上げる湯気を眺めながら、音乃は笑みを浮かべて呟《つぶや》いた。

飯が炊き上がり、焼いた鰯《いわし》と青菜《あおな》のお浸《した》しの惣菜二品を皿と器に盛り、大根の千切りを具にしたおみおつけを温めたところで、朝餉の準備は整った。音乃は毎朝、それを四人分ずつ用意し、箱膳に載せて六畳の居間へと運ぶ。

巽家は、音乃を含めて四人家族である。

この年五十一歳になった舅《しゅうと》の丈一郎《じょういちろう》と、姑、律《りつ》との同居である。真之介との間に子供はいない。

八丁堀《はっちょうぼり》の組屋敷の一角にある役宅は、六畳の部屋が四間あり、その一部屋を四人共同の居間として使っている。

朝餉は、義理の両親もそろって四人一緒に摂《と》るのが巽家の、毎日の習いであった。

「真之介さまを起こさなくては」

いつもなら、配膳の前に起きてくる真之介であるが、この朝に限って部屋から出てこない。珍しく朝寝坊だと思いながら、音乃は真之介を起こしに向かった。たまにはそんなこともあろうかと、さして気にもせずにいたのだが。

「真之介さま、そろそろ起きませんと……」

奉行所に遅れるとまで言う前に、音乃は真之介の異変に気づいた。

「どうかなさりましたか？　真之介さま」

問いかけようにも頭から蒲団を被り、真之介の返事はない。

体の頑丈さに加え仕事の鬼といわれる所以《ゆえん》から、奉行所の同僚たちには『閻魔の使い』とまで崇《あが》められている町方同心、巽真之介の様子がおかしい。

無理矢理蒲団を剝《は》ぐと、真之介が体を丸めて寝ている。

立っていても寝ていても、普段は背筋をピンと伸ばしている真之介である。音乃は嫁いで以来、夫のそんな格好を初めて目にした。

「お風邪《かぜ》でも召したのかしら？」

熱があるのかと、額《ひたい》に手をあてるも熱くはない。

体に震えはなく、目を開けたまま何か考えごとをしているような真之介の表情が、音乃にとっては不気味であった。

普段はいつも人を気遣う、穏やかな表情である。

眉毛と目尻は下を向き、線で書いたような細い目は、いつも笑みを浮かべているようにも見える。男として顔立ちがよいとはお世辞にも言えぬが、なんともいえない愛嬌のある面相は他人を和《なご》ませる。

しかし、奉行所の同心として、一たび昂然《こうぜん》と悪に立ち向かうとき、真之介の表情は豹変《ひょうへん》する。穏やかな表情を奥に隠すと、眉毛の端は吊り上がり、細い目を目一杯に見開き血走る。

まさに閻魔の形相《ぎょうそう》と化して、悪党どもを震え上がらせるほどの強面《こわもて》となる。

内面に、仏と鬼を併せもつ凛々《りり》しい性格は、音乃が真之介に惚れる要因の一つであった。

そんな夫が異常をきたしている。

——昨夜の膳の、食い合わせが悪かったのでは？

音乃は、自分の落ち度ではないかと気を揉んだ。

「お腹でも、悪くなされました？」

しかし、音乃の再びの問いかけに、真之介の首が横に小さく振られた。

「どこか、痛みますので？」

そんな問いにも、首を横に振って真之介は答えた。口では答えず、仕草で示す。そんなことは今まで一度もなかったことだと、音乃はますます不安にかられた。

「……いったい、どうしたのかしら？」

蒲団の脇に座り、音乃が首を捻《ひね》ったそこに、

「音乃はいるか？」

襖《ふすま》越しに、義父である丈一郎の声がかかった。

「はい」

「朝めしの膳をそのままにしておいて、どうかしたのか？」

若い夫婦の寝室である。いきなり開けるような無粋《ぶすい》な真似はしない。

「いえ、なんでもございません。今すぐに……」

夫の変事はここでは黙っていようと、音乃は答をはぐらかした。

「真之介は起きてこんようだが？」

なおも舅の問いがかかった。

「実は……」

やはり夫の変調を舅に話そうかと、音乃は気をもちかえて返そうとしたときであっ

た。

「待て、音乃……」

立ち上がろうとした音乃を引き止めたのは、当の真之介本人であった。

振り向くと、今までの変調が嘘のようになくなった真之介が立ち上がっている。

「あなた、お加減は……？」

「もう、なんでもない。心配するな」

真之介の表情は、いつもの穏やかなものに戻っている。

「父上、今まいります」

襖越しに真之介が声をかけ、足音の去る音がした。

「よかったですわ、なんでもなくて」

明らかに今朝の真之介の様子はおかしかったものの、軽い体の不調なら案ずることもなかろうと、音乃はほっとする思いであった。

「着替えは自分でやる。早く行ってあげんと、音乃をお気に入りのおやじ殿が癇癪《かんしゃく》を起こすぞ」

真之介の口調に、おかしなところはない。声音《こわね》もしっかりとしたものだ。いつもの、冗談めかした文言《もんごん》に音乃は微笑を返して部屋を出た。

「いかがしたのだ？」

義理の両親が朝餉を待つ部屋に戻ると、義父丈一郎の問いがあった。

「あなた、若い夫婦のことです。いちいち訊くのは野暮《やぼ》というものですわ」

姑の律が半分悋気《りんき》を宿し、助け舟を出してくれた。

真之介はすぐに正常に戻ったことだし、いらぬ心配をかけまいと音乃は黙しておくことにした。


それから、十日ほどが過ぎた。

真之介の変調はその後なく、あの朝のことを音乃は思い起こすこともなくなってきていた。

如月も半ばにかかり、陽気もめっきりと春らしくなった。

この日も、音乃の朝は早い。

朝餉の膳を用意し終えたところで、ふと音乃の脳裏に不安がよぎった。

先日のように、真之介が起きてこない。

すでに、義父の丈一郎と義母の律は並んで座っている。

「どうした？　真之介はまだ起きてこんのか」

丈一郎の問いに、音乃は十日ほど前の朝を思い出していた。

この朝は、まだ真之介の様子を確かめていない。刻限になっても起きてこない真之介に、気をかけながらも朝膳のほうを優先した。

丈一郎と律が、朝からそろって桃見《ももみ》に出かけようと企てていたからだ。

一年ほど前まで丈一郎は、臨時廻り同心として現役であった。親子で朱房の十手《じって》をもち、江戸の治安を守ってきたものだ。その丈一郎は、五十歳を境に引退し、今は隠居の身であるがはちきれんばかりの気力が漲《みなぎ》っていた。

まだまだ現役でいたかったが、奉行所の方針に従わざるをえなく、やむなく十手を返上したのであった。しかし、周囲から『鬼同心』と言われてきた異名が忘れられない。

親が『鬼』なら、子は『閻魔』である。

「只今、起こしてまいります」

音乃が立ち上がろうとしたところで、さらに丈一郎の声がかかった。

「早く出かけんと、桃の花が枯れてしまうぞ」

「なんと、大げさな」

戯言《ざれごと》と知りながらも、真顔《まがお》で律が返す。そんなやり取りのあとは、そろって笑い声を立てるのが、この夫婦の日常の営みであった。

　このときの音乃は、真之介の変調が気になっていた。そんな音乃の心の内を読み取ったか、

「どうした音乃。いつもの元気がないようだが？」

　さすがに元は同心だけあって、人の表情の変化は見逃さない。笑顔を真顔に変えて、丈一郎が訊いた。

「いえ、なんでもございません」

　せっかくの楽しみを台無しにしては申しわけない。出かける前に心配はかけまいと、音乃は笑顔で答えた。

「江戸一番の美人と誉《ほま》れが高い音乃には、やはり笑顔が似合うぞ」

「まったく、こんなきれいで気立てのよいお嬢さまが、よくも真之介のところに嫁に来てくれたものですわ」

　丈一郎の口を律が引き取って言う。どうやら音乃と義理の両親の相性は良いようだ。世間でよくある、姑と嫁の間の諍《いさか》いはこの家に限ってはまったくない。そこは音乃の性格にもよるが、別の要因があった。

　音乃は、旗本の三女として生まれ、美人の誉れ高く育った女であった。それと、ま

だ巽家ではひけらかしたことはないが、知ると驚く才能のもち主でもあった。嫁いで以来、音乃はそれには蓋《ふた》をしている。また、開ける気もなかった。

お目見え以上の身分である旗本の娘が、なぜに御家人《ごけにん》の家に嫁いだのか。そして、当代一の美人と噂が立つ娘が、なぜに真之介のような男に惚れたのか。

それには音乃なりの理由《わけ》があった。

二

真之介の様子が気にかかる。

襖を開けて部屋に入ると、やはり真之介は体を丸めて寝ている。先日と、まったく同じ格好で、同じ形相をしている。

どうかしたかと、声に出そうとしたが音乃は口に出すのを止めた。訊いたところで、先だって同様真之介は答えないであろう。

手当てを施そうにも、やりようがない。怪我や体の病《やまい》なら、晒《さらし》を巻いたり薬を飲ませたりして、応急の手当てを施すことができる。

――ここは、落ち着きが肝心《かんじん》。

どうしようかと、音乃は思案をしながら真之介の顔をじっと見つめた。

――閻魔様のように、怖い顔をしている。

「そうだ！」

このとき音乃の脳裏に、ふと思い当たることがあった。

「以前読んだ、ものの本に書いてあった。もしそうだとすれば、休めば治るはず」

嫁いできてからも、真之介にほとんど休暇はなかった。毎日忙しそうに立ち回り、帰りは早くても町の木戸が閉まる夜四ツごろである。

「――すまないな、こんな夜遅くの帰りで」

毎夜、真之介が口にする言葉であった。

江戸市中を見廻り、どんな遠方に出張《でば》ろうとも必ず役宅に戻ってくる。

南北奉行所合わせて、十二人の定町廻り同心では江戸の治安もままならないと、真之介は非番の日でも必ず見廻りに出て、一年中休みを取っていない。

いつぞや「――少しはお休みになられたら」と、音乃は勧めたことがある。しかし、真之介は頑《がん》として休むことはなかった。それほど勤厳実直な男であり、江戸の悪漢から町人を守ろうとする正義感がそうさせていた。

いくら剛健といえど、生身の人間である。そんな疲れが、今になって現れたのだと音乃は解釈をした。

「そのままお休みになっていてください」

寝ている真之介に向けて言うと、剝いだ蒲団を被《かぶ》せ、音乃は義理の両親が待つ居間へと戻った。

「いかがした、真之介は？」

「お風邪を召しましたようで、きょうは非番にすると……」

「なんだ。ちょっとくらい風邪をひいたからといって休むなど言語道断、だらしないのにもほどがある」

丈一郎が音乃の前で、真之介に対して怒ったのは初めてのことであった。自らの闊達さに比べ、若いのに不甲斐ないと思ったのだろうか。

「お待たせしました。真之介さま抜きでごはんをいただきましょう」

義父の言葉を取り合わず、音乃は話をはぐらかした。

刻んだ沢庵《たくあん》を箸でつまみ、音乃が口に入れたところであった。

ドンドンドンと、表の戸口から遣戸《やりど》をけたたましく叩く音が聞こえてきた。

「誰でしょう、いったい？　ちょっと行ってきます」

箸を膳に戻し、音乃は戸口へと向かった。ポリポリと音を立てて嚙んでいた沢庵を一気に呑み込み、遣戸越しに声をかける。

「どちらさまでしょうか？」

「あっ、あっしです」

しゃがれた声であったが、聞き覚えもあり音乃は遣戸を開けた。すると、背の高い男が十手をかざして立っている。

「あら、長八《ちょうはち》親分」

遣戸を叩いていたのは、真之介配下の岡っ引きで長八という。真之介よりも二つ年が下で、やたらと上背の高い男であった。

「旦那はおりやすかい？」

相当慌てて来たのか、声音が喉《のど》に絡んでいる。

「何か、事件でも……？」

「へっ、へえ」

長八は、腰から抜いた十手を手にしている。喉が引っつき、言葉にならないところを仕草で示した。

事件勃発の急な報せに、音乃は困った。

妻の立場としては、真之介の体が気がかりだ。しかし、真之介の立場を考えれば、ここは役目についてもらいたい。

真逆《まぎやく》の思いが、音乃の脳裏を交差した。

「旦那は……？」

思案する音乃を訝《いぶか》しく思ったか、長八は顔をのぞき込むようにして訊いた。

このときの音乃は、真之介の今の状態では仕事につかせるのは無理と判断していたが、無用に長八を待たせてはならない。

「実は、真之介さまは今……」

しかし、語れば『閻魔の使者』の異名に瑕《きず》がつく。そんな思いが脳裏を過《よ》ぎり、音乃の口がいったん止まった。

「旦那がどうかしたんですかい？　どうも奥歯にものが挟まったようで、いつものお内儀《ないぎ》さんらしくねえでやすな」

「長八親分の言うとおりね。事は急いでいるというのに、あたし何を考えているのかしら」

ここは見栄《みえ》を張る場合ではないと、音乃は気持ちを取り戻す。

「真之介さまは今……」

音乃が理由を口に出そうとしたときであった。

「どうしたい、長八親分？」

背後から声がかかり、音乃が振り向く。すると、芥子《からし》染めの地に格子縞をあしらった小袖を着込み、黒の紋付羽織を纏《まと》った真之介が立っている。

普段は音乃が着付けを手伝うが、自分で身形《みなり》を整えたかすでに真之介は出かける姿であった。帯には脇差と朱房の十手が差してある。大刀を手にもち、あとは腰に差すだけの用意であった。

今しがた寝床で見た姿とは、まったく違う人物である。

「真之介さま、起きてきて……」

「ああ、大丈夫だから心配するな。ところで親分、何があったい？」

真之介の、人懐《ひとなつ》こそうな顔が長八に向いた。

「へい、浜町堀《はまちようぼり》の大川《おおかわ》の吐き出しあたりで、娘の骸《むくろ》があがったそうで」

「殺しかい？」

「それがなんとも……、そんなんで一緒に来てくれやせんか」

「わかった」

二人のやり取りを、音乃は側で聞いている。

真之介が、朝餉を摂る間はなかろう。

「朝餉を摂りませんと……」

腹が減ってはなんとかの喩《たと》えどおり、きちんと仕事をするには腹を満たしてもらいたい。そんな思いで音乃は口を挟んだ。

「そんなもん、食ってられるかい。それじゃ、長八親分行くぜ」

よほど寒い日でない限り、真之介は素足《すあし》に雪駄履《せったば》きである。式台《しきだい》にそろえてある雪駄の鼻緒に足指を通し、駆け出すように出ていった。

切火《きりび》を打ちかける暇もないほど、慌しい出立であった。

朝餉を摂らずに出かけたものの、音乃にとってはほっと安堵する思いであった。

ともかくも、元気よく出かけたのだ。しかし、これ以上病が重くならなければとの心配もあり、休んでもらいたいとの思いも半分はあった。

巽家に嫁いで来てからおよそ二年、音乃はつつがなく家事をこなしてきた。

今では町方同心の妻として、そして武家の嫁として、ごく穏やかな日常に満足している。幸いにも、義理の両親にもかわいがられている。

案ずることがあるとすれば、愛する夫の毎日の無事であろうか。深夜に戻ってくる真之介の顔を見て、音乃の一日はようやく終わる。

日々平凡に敵《かな》うものなしと、音乃はこの生活になんの不満も抱くことなく、むしろ仕合せを噛みしめる毎日であった。

このときはまだ、誰も音乃を才女として認める者はいない。音乃としても、才の片鱗を微塵《みじん》も表に出すことなく、またその必要も感じてはいなかった。

三

二十二年前の文化《ぶんか》元年十月十日、三百五十石取り旗本奥田義兵衛《おくだぎへえ》の家に、音乃は三女として生まれた。

子供三人はみな女で、跡継ぎとなる男児はいない。

父親である義兵衛は、大目付《おおめつけ》を兼ねる道中奉行配下の組頭《くみがしら》として、多忙の任務をこなす。一年を通し街道宿場の見廻りで留守がちである義兵衛が、自宅でもってゆっくりとくつろげるのは正月をおいて滅多《めった》にない。

「——またも女子か」

音乃が生まれたとき、がっかりした様子で義兵衛はふと嘆いた。その声が音乃の耳に入ったかどうかは定かでないが、生まれたばかりの音乃の白い顔が真っ赤となって、クシュッと一つ大きな嚔《くさめ》を発した。

「おや？　生まれたばかりの赤子が嚔をするとは珍しい。それにしても、大きな音の嚔であるな。そうだ、この子の名は……」

義兵衛は、さっそく生まれた赤子に『音乃』という名を授けた。

その後、義兵衛の妻である登代《とよ》の産後の肥立ちが悪く、虚弱になったことから男児はあきらめることにした。

「男を産む代わり、三人の娘を見目麗《みめうるわ》しく育て上げ、末は長女に養子を迎えて家督を継がせ、残る二人は然るべき身分の高い武家に嫁がせようではないか」

気落ちする登代に、義兵衛がかけた言葉である。

「あなた、申しわけありません」

「謝ることはない。お前の体のほうが大事だからのう」

そのときかけられた義兵衛の言葉に、どれほど登代は救われたことか。

義兵衛の願うとおり、長女と次女はおっとりとした申し分ない性格で、武家娘らしく蝶よ花よと大事に育て上げた。

その甲斐があってか今では長女は婿《むこ》を取り、次女は千石取りの旗本の長男の嫁として嫁ぎ先を見い出していた。

三女の音乃も、箱入り娘として育て上げそれなりの武家に嫁がせようと義兵衛は目論《もくろ》んでいたのだが。

二人の姉とはかなり性格の異なる娘だと義兵衛が知ったのは、音乃が三歳になったころであった。

「うちに、男の子が生まれたわい」

まんざらではない表情で、戯言を登代に向けた。男児が産めないうしろめたさがあったのだろうか、登代の返事は無言であった。

人形をもたせると放り投げ、女児が好んで遊ぶおはじき、お手玉の類《たぐい》には目もくれない。代わりに与えて音乃が喜んだのは、短い木剣であった。

庭に下りては、家臣である若党や下男をつかまえやっとうの真似事をしている。姉たちとは正反対の性格で、幼いときより勝気であった音乃は育つにつれ、武術に興味を抱くようになっていた。

男児のいない奥田家で、一人ぐらいは男勝りの娘がいてもよかろうと、義兵衛は当初の気持ちを切り替え、音乃のお転婆《てんば》ぶりに目を瞑《つむ》ることにした。

音乃が五歳となったころから本格的に剣術、薙刀《なぎなた》などを習わせ、その成長ぶりを目を細めて見やっていた。

七歳のころになると、音乃の武芸は合気道や柔術など、得物《えもの》を手にしていなくても、敵を倒す武術の稽古にまで広がっていた。

四

八歳のときの音乃に、こんな逸話がある。

合気道の出稽古の帰り、音乃は路地の奥で六人ほどの男児が群がっているのを目にした。上背はみな音乃より三寸以上も高く、齢《とし》も二歳以上は違いそうだ。みな袴《はかま》をつけて、武家の倅《せがれ》のようである。

あんな路地の奥で何をしているのだろうと、音乃は立ち止まって様子を眺めた。すると、群れの中から女児の泣き声が聞こえてきた。

「——町人のくせして生意気だ」

小刀を腰に差した武家の子たちの罵《ののし》る声が、音乃の耳に入った。

武家の子たちの、足元の隙間をよく見ると幼い子供が二人、しゃがんで小さくなっている。一人は泣き声を上げている女児で、もう一人はその兄と思《おぼ》しき少童であった。

少童のほうは、女児を庇《かば》うように顔を上に向けて相手を睨みつけている。ささやかな抗《あらが》いであろうか。

自分と同じ齢ほどに見える男児を、頼もしい子だと音乃は思った。

「なんだ、その面《つら》は！」

少童のその態度が癪《しゃく》に触るのか、罵倒する声はさらに大きくなった。

「こいつら、懲《こ》らしめてやりましょうぜ」

一人が、暴力に訴えた。

音乃はこれまで喧嘩をしたことは一度もない。だが、この場は見過ごせないと、幼心でも義憤に駆られた。

「大勢して、小さい子をいたぶるなんて……」

許しておけないとばかり後先《あとさき》を省みず、勢い路地の奥へと入っていった。

「あんたら、何してんのよ」

背後からの音乃の声に、六人の武家の子たちの顔が一斉に振り向いた。

「なんだ、この娘？」

一番上背のある者とは、頭一つの差がある。齢の差ならば、音乃より四歳は上であろう。その子が、一党を仕切っている餓鬼《がき》大将のようだ。見下ろす形で、音乃に目を向けている。

「あんたら、そういうのを卑怯っていうんだよ」

音乃が見上げながら、仕切る大将を詰《なじ》った。

「うるせえ。怪我をしたくなかったら、女は引っ込んでな」

音乃にはかまわず、再び六人の顔が中にいる二人に向いた。

「おい、殴られたくなかったら、おれの足を舐《な》めろ」

一際《ひときわ》体の大きな大将が、無茶な要求を二人の子供に突きつけた。

女児はさらに大声で泣き、少童は悔しさから顔を歪めている。もう抗うことはできないと、少童のほうも次第に口がへの字に曲がってきている。今にも、泣き出しそうな表情となった。

「舐めねえのならかまわねえ、やっちまおうぜ」

大将が口にすると同時に、少童を足蹴《あしげ》にした。

これはいけないと音乃は、餓鬼大将と思《おぼ》しき者の尻を、ここぞとばかり思いきり蹴り飛ばすと、子供を庇うように割って入った。

「何をしやがる」

六人の相手は、音乃一人へと代わった。

武術の稽古は積んでいるが、実戦では使ったことがない。

このときの音乃に、恐怖心はなかった。むしろ、腕が試せると喜ぶ気持ちで一杯だったと、当人がのちに語っている。

「こいつからやっちまえ」

音乃が、六人に囲まれる。中には、得物《えもの》として腰に差した小刀を抜く者までいた。子供がもつものとはいえ、真剣である。しかし、人を斬るのが恐いか腰が引けている。

音乃の手には、得物がない。しかし、くみ易《やす》しと相手を見ている。気をつけなくてはならないのは、相手の刃を体に当てないことだ。

音乃はいく分腰を落とし、半身《はんみ》となって身構えた。左手の指先は、大将の鼻の頭に向いている。右手は、腰のあたりで折り曲げて、拳《こぶし》を作っている。音乃は顔をゆっくりと左右に振って、相手の動きを牽制した。

音乃の構えに隙はなかった。

誰も攻撃を仕掛けてこようとはしない。

唯一隙があるとすれば、背後であろうか。音乃の視線から、二人の姿が見えない。しかし、音乃はそれを案ずることはなかった。

しゃがみ込む子を二人、間に挟んだからだ。音乃を背後から襲うには、二人の子供を跨《また》いでかかってこなくてはならない。子供二人が音乃の盾《たて》となって防御する。

意識を前にいる四人に向ければよい。音乃は、その中で頭一つ抜けた、大将にだけ狙いを定めた。

「……こいつを倒せば、あとは腰巾着《こしぎんちゃく》の味噌かすばかりだ」

と呟くが早いか、音乃は足を一歩前に踏み出すと、大将の腹をめがけて正拳《せいけん》を放った。上背の差からして、拳はちょうど相手の臍下三寸にぶち当たる。

グズッとした鈍い手応えを、音乃は右手に感じた。薄板を割ることはあるが、生身《なまみ》の人間を打つのは初めてのことだ。

音乃自身も、これほど正拳の破壊力が強いとは思ってもいなかった。

「弥一郎《やいちろう》さんがやられた」

下腹を押さえて苦しがる弥一郎という名の大将を、仲間の五人は呆気《あっけ》に取られた表情で見やっていた。

案《あん》の定《じょう》戦意をそがれたか、音乃のほうには顔を向けようとはしない。

「今のうちに、逃げましょ」

しゃがみ込む二人の子供に、音乃は声をかけた。

三人はそろって路地から、表通りへと駆け出た。

　男児は六歳で名を矢吉《やきち》といった。その齢にしては体が大柄なので、音乃は同い年と思っていたが違った。女児は一つ下の妹で、お糸《いと》という。

「よく我慢しましたねえ」

　年下と分かり、音乃は姉さん風を吹かせた。

「おねえちゃんの名は……？」

　矢吉から訊かれ、音乃は自らの名を語った。

「音乃ねえちゃん、強えなあ。おいらも、ねえちゃんみてえに強くなりてえ」

　初めて矢吉から強いと言われ、音乃はその気になった。幼心に、自らの力を認識する出来事であった。

　家に戻った音乃は、たまたま家にいた父親の義兵衛に、町であったことを語った。

　胸をそらして得意げに話す音乃を、義兵衛は一喝《いっかつ》した。

「この、大馬鹿者めが！」

　天を突く父親の怒声に、音乃は驚く顔となった。これほど怒鳴られたことは、生まれて初めてである。

「なぜに父上は、怒るのですか？」

音乃は叱られた意味を解せず、気丈にも訊き返すほどの娘であった。

「分からんのか？」

「幼い子を助けてあげて、なぜ叱られるのかが分かりません」

「わしは、そのことを叱っているのではない。むしろ、よくやったと褒めたいくらいだ。だがな、後先《あとさき》を省みず六人を相手にしようとしたのがいけない」

義兵衛の言うことがまだ解せないか、首を傾げながら音乃が聞いている。

「そんな不徳の輩《やから》が、一斉に打ちかかってきたらいったいどうするつもりだったのだ？　今の音乃の力では、到底《とうてい》太刀打ちできんであろう。その二人の子と一緒になって、容赦なく袋叩きにされるのがおちだ。そういうのを、無鉄砲というのだ」

「それでは父上は、どうしろと言われるのです？」

「相手が多勢で、しかも自分より大きな相手となれば、それなりの策が必要となる。大声を出して大人の助けを呼ぶとか、逃げるとかな」

「そんなの、いやです」

音乃の口答えに、義兵衛の顔に苦笑いが生じた。

「いやとは言っても、命あってのもの種なんだぞ」

義兵衛の口調は、音乃を諭《さと》すように穏やかになっている。

「正義を振りかざし、自分が怪我をするようでは、そんなのは正しい道ではない。いかにして自分は痛い思いをせず、相手を打ち負かすか。それが策というものなのだ」

おぼろげながら分かってきたか、音乃は小さくうなずきを見せた。

「何も、武力を使って相手を仕留めるだけが戦《いくさ》ではないぞ」

「でしたらこの場合、父上ならどうなさいますか？」

「そうだな……」

顎《あご》に手をあてて、義兵衛は考える素振《そぶ》りとなった。

「相手は言葉では通用せんだろうから、強行の手段でいくのはたしかだ。この場合、わしが音乃だったら強がりを見せんな。まずは、女の子らしく弱い振りをして相手の懐《ふところ》に入る。幼い女の子相手なら、向こうも油断をするだろう。孫子《そんし》の兵法の一説にこんなのがある。『初めは少女の如く、後は脱兎《だっと》のように』ってのがな」

「なんですか、損したとかなんとかって？」

「損をしたではない、孫子だ。今は清《しん》の国の遥か遠いその昔、孫武《そんぶ》という偉い武人がおってな。その人が考えたのが『孫子の兵法』という戦の論理だ。戦だけでなくても、いろいろなところで応用が利く」

話が難しいか、音乃は義兵衛の話に首を捻っている。

「まあ今は、分からなくてもよい。この場合、音乃が弱い振りをすれば、相手は油断をする。相手の懐に入り込むことが肝心なのだ。そして、敵の力量を見極める。そこで敵《かな》わぬと察すれば、逃げてもよいのだぞ」

「逃げるのは、いやです」

音乃が激しく首を振る。

「そうか、音乃は逃げるのがいやか。でもな、逃げるが勝ちという言葉もあるのだぞ。それも立派な策の一つなのだ。戦うばかりが強さではないということを、音乃は忘れるでないぞ」

諭しても、音乃のほっぺたは膨らんでいる。上二人の姉にはないこの気性の強さは誰の血を引いたのだろうと、義兵衛のほうが首を捻った。

――そういえば、祖父《じい》さまが相当に勇猛であったな。音乃は、女ながらもその血筋を受け継いだようだ。

義兵衛の顔に、再び苦笑いが浮かんだ。

「父上は、何を考えているのです？」

「いや、なんでもない。ところでこたびのことでは、相手の大将だけに狙いを定めたのは、大したものだ。そこだけは、褒《ほ》めてやるぞ。他の五人は、そいつにくっついている金魚の糞みたいな者たちだ。そのあとは、推《お》して知るべしである。つまり、いかに味方の損傷を少なくさせて、敵に立ち向かうか。それが、策というものなのだ」

ようやく、音乃の表情が和《なご》んできた。

「分かりました、父上。わたしが愚《おろ》かでした」

すると、音乃は畳に手をついて詫びた。

「謝《あやま》ることはない。それが学ぶということなのだ」

「はい、父上」

「素直というのも大事なのだぞ。それにしても、怪我をさせられなくて本当によかった」

心の底から発する義兵衛の安堵の声に、初めに怒鳴られたのが音乃には分かるような気がした。

「少し、ここで待っていなさい」

義兵衛は言って立ち上がると、部屋から出ていく。そして、書物を抱えてすぐに戻ってきた。

分厚く綴じられた書籍が三冊ある。表紙のそれぞれに『孫子の兵法翻訳書・上中下』と書かれてあるが、初めて見る文字ばかりで音乃にはそれが読めない。

「なんと書かれてあるのですか？」

「この本には、孫子の兵法が書かれている。ちょうどよい機会だ。音乃にこれを渡すから、読んでおきなさい」

丁《ちょう》をいくらかめくったところで、音乃の口からため息が漏れた。まだ習っていない文字ばかりで書かれてある。しかも、細かい字だ。

「そのうちに、読めるようになる。それまでしっかりと学問も学んでおくのだぞ」

義兵衛が語り終えたところで、昼八ツを報せる鐘の音が聞こえてきた。

「おお、もうこんな刻限か。わしは出かけんといかんのでな……」

そそくさと立ち上がると、義兵衛は部屋から出ていった。残った音乃は、畳に置かれた孫子の兵法を手に取り、中を開いた。

「……難しそう」

一人呟く、音乃の声があった。

五

その後音乃は文武両道に励み、学問の上でも他の子に引けをとらぬようになった。

学問の師に、古代中国の教本に精通する松岡玄斎《まつおかげんさい》という男がいた。音乃は玄斎に習い、兵法書の一字一句の読み方と意味を教わった。そのおかげで、十歳までには『孫子の兵法』を自力で読めるようになっていた。それからというもの、綴じ糸が解《ほど》けるほどいく度も繰り返し読破し、十二歳のときにはおおよそが頭の中に入っていた。

文武両道に秀でたばかりでなく、音乃は女としても美しい娘に育っていた。しかも、心根が優しくまさに三拍子そろったとは、このことをいうのであろう。

実の父親である奥田義兵衛がいつも『男に生まれてたら』とこぼしていた音乃も、やがて少女期から成人になるにつれ、男勝りの果敢さは鳴りを潜め近在でも評判の見目麗しい娘へと育っていった。

十五歳にもなると、縁談話も沸いてくる。

自分の倅の嫁にぜひにと、引く手も数多《あまた》あったが、音乃自身がことごとく断っていた。義兵衛の上司で、幕府の重鎮《じゅうちん》でもある大目付からの縁談の勧めも、はっきりと断ることができる気丈な娘である。

音乃はこのとき、密かに決めていることがあった。

――お嫁さんになるなら、町方同心のもと。

定町廻り同心への憧れは、十二歳のときに芽生えたもので、娘盛りになっても、その気持ちは揺るぎがなかった。むしろ、大人びてくるほどその思いは頑強なものとなっていった。

「――あの凛々《りり》しさはたまらない」

と、十二歳のとき音乃に言わしめる出来事が目の前で起きた。

縁日で巾着切《きんちゃくきり》を素早く捕まえたときの、同心の見事な立ち回りが音乃の気持ちを虜《とりこ》にした。被害者である老婆への応対も、音乃の心を揺るがす魅力の一つであった。いく度も腰を折って礼を言う老婆に向かっての、同心の一言がいつまでも音乃の胸の内に残っている。

「――銭が戻ってよかったなあ」

老婆にかけた言葉はそれだけであった。そして町方同心は、巾着切に早縄を打つと引っ立てていった。

その何気ないと思われる一言に、町方同心の慈愛がこもっていると音乃は感じ取った。

——わたし、こういう人のお役に立ちたい。

延《ひ》いては、将来嫁ぐ相手はこのようなお方と、音乃は胸に刻んだのであった。

その後、町方同心との縁がなく、いつしか音乃も十八という齢を迎えていた。

娘盛りも過ぎ、そろそろ薹《とう》が立ちはじめる年ごろである。

姉たちは婿を迎えたり、高禄の武家に嫁いだりして両親を安心させている。

音乃の才色兼備は、広く知れ渡っていた。

そのころ、将来の勘定奉行と目《もく》され、逸材と呼ばれた男が、音乃を見初《みそ》めたことがある。

大目付井上利泰《いのうえとしやす》の仲介であったが、そんな逸材の言い寄りにも音乃は首を横に振った。これには大目付もさすがに呆れ返り、配下である義兵衛を詰《なじ》ったものだ。

幕府の重鎮である大目付は、大名や老中支配の奉行や役人を監察、統制する役職で、禄高は三千石である。

「——板谷《いたや》弥一郎殿との縁談を断るなど、どんなじゃじゃ馬に育てたのだ？」

と、大目付から問い詰められるも、そのとき義兵衛は慌てず騒がず、こう答えたものだ。

「音乃は、いかに大身《たいしん》であられましても、板谷様の嫁に納まるには少々もったいないと、このごろになって改めて知りました」

「もったいないとは、いったいどういうことだ？　相手は勘定奉行の家柄だぞ」

義兵衛の男気《おとこぎ》に、大目付の井上は普段から一目《いちもく》置いているものの、これは身分を超越した聞き捨てならない言葉である。井上は、語気を強めて問うた。

「江戸の市中にあってこそ、音乃の才は活かされるものと存じます。いわば、庶民の味方が相応《ふさわ》しいものかと」

義兵衛は、落ち着いた口調で答えた。

「ほう、庶民の味方とは大きく出たな」

「はっ。それがしが思うところ、音乃はそれほど傑出した娘かと。親の欲目ではけっしてございません。ですので、音乃はそれなりのところに嫁がせるのが一番かと存じます」

「それなりのところとは？」

このとき義兵衛は、音乃の心の内を少しは理解していた。

「どうやら音乃は、町方同心に思いを寄せておりますようで」

「町方同心だと。奉行所の定町廻りということか？」

「左様のようで……」

「町方とは江戸の治安にとって重要な職だが、身分は三十俵二人扶ちの御家人であるぞ。家柄が吊り合わんであろう。それよりも、将来は勘定奉行と目《もく》される……」

「大目付さま、それ以上は……」

義兵衛は毅然とした態度で、大目付の言葉を途中で止めた。

「何卒ここは、音乃の好きな道を歩ませようかと、親として思う次第。延いては、世のお役に立てるものと。音乃は、親の目から見ましても、武家の奥座敷で座っているような娘ではございません。徐々に、世の中の治安が乱れていく昨今、町屋にありてこそ、音乃は生きるものと存じます」

「義兵衛にそこまで言わしめる娘なのか？」

「はっ」

大目付井上に向けて、義兵衛は大きく腰を折った。

「一度、音乃という娘に会ってみたいものよのう」

得心か苦笑いか、判別のできぬ大目付の含む表情であった。

音乃と巽真之介が出会ったのは、ちょうどそのころであった。

二人の縁を引き合わせたのは、音乃に言い寄ってきた、将来は勘定奉行にと目される、板谷弥一郎という男だから皮肉な話である。

義兵衛の上司である大目付の井上に、仲介を頼んだところまではよかった。しかし、音乃から断られたと聞かされたとき、弥一郎は天に向けて毛が逆立《さかだ》つほど逆上した。

二十二歳になるまで、弥一郎はとんとん拍子の人生を歩んできた。大身旗本の名家に生まれ、将来を嘱望され、御曹司として育ってきた男にとって、それは初めて味わう耐え難い屈辱であった。

「――この俺を袖にするなんて」

悔しさはあるものの、音乃への未練は一向に断ち切れてはいない。このときはまだ、屈辱よりも音乃への愛《いと》しさが勝っていた。

いつかは直《じか》に面と向かい心の内を明かそうと、音乃の行動を追って機会をうかがっていた。

名門板谷家の跡取りとして誕生したときから、すでに周りからもて囃《はや》されていた弥一郎は、試練を潜《くぐ》ることなく育ってきた。それだけに、傲岸不遜《ごうがんふそん》の性格が身に宿っていた。

学問所で学ぶおおよそのことは、たいして努力もせずに頭の中に自然と納めることができる、他人から見ても優秀な男であった。

弥一郎は幼きときから神童と呼ばれ、幕府の重鎮に成るべくして生まれてきたような男と、多分に世辞が混じるものの、言われつづけてきた。

だが、そのまま育てばよいものを、神仏は弥一郎に別の人格を与えた。人として、男として目に余る欠点をもち合わせていた。

少年期での弥一郎は神童と呼ばれる反面、素行は人々の眉を顰《ひそ》めさせた。吠える者ほど気が弱いという世の中の習いがある。弥一郎の、周囲に向ける居丈高《いたけだか》な態度は、まさに気の弱さを象徴していた。

将来を大きく嘱望される期待に重圧を感じたからか、その鬱憤を別のところで発散していたのかもしれない。

幼いときより弥一郎は、自分よりも小さな者や弱い者に対して、虐待《ぎゃくたい》をする子であった。

学問所の後輩たちを手下に率い、弥一郎は町の往来を威勢を張って闊歩《かっぽ》する。弱い者を見つけては、虐《いじ》めるのが目的であった。

弥一郎が狙う相手とは、自分よりも体が小さく、弱そうに見える者である。手下の数にものをいわせ、自らの虚勢を示す。虐めに虐め抜いて、相手が泣いて謝るのを見ることが、無上の楽しみであった。

難癖《なんくせ》の要因などなんでもよい。目当ての子供を見つけると、近寄っては因縁を吹っかける。どんな些細なことでも『町人の分際で……』とまずは絡《から》む。路地の奥に連れ込んだ子供を、泣き喚《わめ》こうが容赦なくいたぶる。最後には自分の足を舐めさせて、鬱憤を晴らす。ただそれだけの目的で、数多くの子供たちをいたぶり泣かせてきた。

それでも元服してからは、そんな遊びからは手を引いた。親のたしなめがあったからだ。

「――弥一郎、もう大人なんだぞ。勘定奉行のこのわしが、恥をかくだろうに」

この親にして、この子あり――。

とても勘定奉行らしからぬ説教であったが、それからというもの、弥一郎の町屋での弱い者虐めは鳴りを潜《ひそ》めた。

それから、三年ほどが経った。

しかし、三つ子の魂百までの喩《たと》えがあるように、陰湿な本性は弥一郎の中から取り除かれてはいない。

音乃と弥一郎は、十年ほど前に一度出くわしたことがある。

そのときは音乃が八つ、弥一郎がまだ十二のときであった。

十年ぶりに見る音乃の姿に当時の面影はない。女として美しく育った音乃の容姿を、弥一郎は一度見てぞっこんとなった。

将来を嘱望された男であるが、いざというときはだらしない。自ら打ち明けることができず、他人に委《ゆだ》ねた。

しかし、きっぱりと断られる。

弥一郎の中で眠っていた、陰湿の虫が再び目を覚ましたのはこのときであった。

大目付を介しても断られた弥一郎は、音乃をあきらめきれずに、その跡を尾《つ》け回すようになっていた。

このころの音乃は、剣術などの武芸も怠らず足しげく道場に通っていたが、一方では女を磨くために裁縫の手習いや、茶道などの稽古にも精を出していた。

そのため音乃の外出の機会は多くあり、ほぼ毎日の外出が音乃の日課であった。

朝早く出かけることもあれば、日が暮れて夜間の帰りとなることもしばしばあった。

朝はともかく、夜は娘の一人歩きは物騒である。しかし音乃は、まったく気にしていない。むしろ合気道や柔術などで鍛えている腕前が、どれほどのものになっているのか実戦で知りたくもあって、音乃は暴漢に襲われるのを望んでいたほどである。

そんな音乃の毎日の行動を、板谷弥一郎はずっと以前より把握していた。一のつく日はどことどこ。二のつく日は、どこに行くという具合である。

端《はな》のうちは気づかなかった音乃であるが、いつしか同じ足音が背後に尾いてくるのを感じ取っていた。

六

音乃が弥一郎との縁談を断ってから、およそ一月《ひと》後のある日。

裁縫の手習いで襟つけがうまくできず手間取り、京橋に近い三拾間堀《さんじっけんぼり》町一丁目にある針師匠の家を出たのは暮《くれ》六ツを報せる鐘の音が鳴ってから、しばらく過ぎてであった。

この日の音乃の姿は、髪を丸髷《まるまげ》に結い、着物は紅地の振袖に井桁絣《いげたがすり》の模様が散りばめられている。女を磨くときの音乃は、どこから見ても武家娘そのものである。

武芸の道場に通うときは、出で立ちが異なる。

後ろ髪を馬の尻尾のように、背中まで垂らす。紺地に十字模様が散った小袖を着込み、平袴を穿《は》いて若武者に見立てる。

身形を変えるのはいちいち面倒くさいと思うものの、音乃のこだわりでもあった。

針師匠の家を出たときは、すでに夜の帳《とばり》は下《お》りて外は闇が支配していた。

手ぶら提灯《ぢょうちん》を借りて、五町先の家まで急ぐ。

武者姿なら、大刀を一本腰に差して歩くが、娘姿の今は音乃が手にする得物はない。

紀伊國橋《きのくにばし》で新堀《しんぼり》を渡り、木挽町《こびき》の町屋から武家地に入るとほとんど人影はなくなる。

武家地を警備する辻番所から漏れる明かりも遠くなったところであった。

新月は、地上に光をもたらすものではない。ところどころに常夜灯の明かりが灯るが、あたりをぼんやりと照らすだけだ。少し離れたところは、漆黒の闇と化していた。

足元は、提灯だけが頼りである。

先を急ごうと、音乃が足を速めようとしたときであった。

音乃の背後で、このごろよく耳にする不快な足音がする。この気配は、娘の姿のときだけに感じるものであった。

音乃が娘の姿で、夜間に出歩くことはほとんどない。暗がりで、この足音を聞くのは初めてだ。そして、この日に限って、いつまでも尾けてくる。

——いったい誰だろう？

不快な気分が胸をよぎる。

音乃はこの夜、初めてその存在を気にした。だが、うしろを振り向かず、気づかぬ振りをする。

「……あの辻を曲がったところで、待ち伏せてやりましょ」

独りごちると、音乃はいく分足を速めた。すると、尾ける足もやはり速めてついてくる。

——これはよもや『痴漢《ちかん》』というものではないかしら。

音乃は、以前読んだ山東京伝《さんとうきょうでん》の戯作《げさく》『忠臣水滸伝《ちゅうしんすいこでん》』の中に出てきた言葉を思い出した。

——ならば、ここは待ち伏せよりも、わざと相手の好きなようにさせてあげよう。

娘の敵を懲らしめてやろうと、音乃は気持ちを痴漢退治に向けた。

歩みの速さを抑え、追いつかせるように仕向ける。

足音の大きさと相手の息づかいから、音乃は間合いを測った。

まだその差は、三間はありそうだ。

ここではまだ、それほどの殺気は感じられない。しかし、いつ豹変するか分からない。音乃は背中に神経を集中させて、歩みを進めた。

やがて間合いが一間と迫る。

――さあ、襲うなら今よ。

音乃は、気持ちの中で身構えたところであった。

カチャッと、大刀の鯉口《こいぐち》を切る音が音乃の耳に入った。その瞬間、殺気が音乃の背中に伝わる。追う男の心の臓の高鳴りが、背後から聞こえてきた。

――いけない、油断してたかしら。

刀を一振りされれば、切先の届く間合いまで来ている。

書物に書かれてあった痴漢ならば、人を殺すまでの真似はしない。音乃は、相手が体のどこかに触れたところで腕を取り、捻り倒す技を仕掛けるつもりであったが、相手の発する気配はまるで違ってきていた。

――辻斬りなの？

これまでの修練で培《つちか》った武芸の技で対抗しようとするも、まだ実戦で試したことはない。相手の刃から逃れるには、あまりにも距離が近すぎる。

音乃の心の臓も、ドキンと一つ鼓動を打った。

直《じか》に音乃に想いを打ち明けようとするも、弥一郎にはその勇気がない。縁談を断られてから、今日こそは明日こそはと音乃を尾け回すうちに、一月《ひと》が過ぎた。

弥一郎の目的は、ここにきて変わってきていた。音乃に想いを告げるのではなく、力ずくでも自分の女にしようとの二心《ふたごころ》であった。

この日も針師匠の家から音乃が出てくるのを、もの陰に隠れて弥一郎は見張っていた。

かれこれ一刻近くが経ち、暮六ツの鐘も鳴ってしばらくが経つ。

――出てくるのが遅いな。

暗くなればむしろありがたいと、弥一郎の顔がほくそ笑んでいる。

「……今夜こそは、おれのものにしてやる」

陰湿ともいえる弥一郎の悪念が、鎌首をもち上げた。口から不埒《ふらち》な呟きが漏れる。

やがて、明かりを灯した提灯が一張り、戸口から出てきた。ぼんやりとした明かりの中に、音乃の艶やかな姿が浮かぶ。

音乃の娘姿を、弥一郎はか弱く思っていた。追うのは、こんな姿をしているときだ。いつもならあきらめ、途中で引き返すのだが、この日は深追いを目論《もくろ》んでいる。音乃が屋敷に着く前に、なんとかしようようとの肚《はら》であった。

あとを尾ける目的が違ってきている。

このときはまだ、音乃に向けての殺意はない。

先を歩く音乃が武家地に入り、しばらくすると足が速くなった。

――おや、気づかれたか？

弥一郎も足早となって追う。

あと半町も行けば、空き地がある。そこで、ものにしようと弥一郎は目論んでいた。もし、抵抗すれば腕ずくでも。一途《いちず》に音乃を想う弥一郎の心に、後先《あとさき》の判断はなかった。

音乃の足が遅くなった。そのときはまだ、二人の間の距離は十間ほどあった。

弥一郎は一気に間を詰めようと、そのまま足を速めた。

間合いが三間ほどに詰まったところで、ふと弥一郎の脳裏をよぎる一言があった。

それは、取りもちを頼んだ大目付井上の言葉であった。

「――弥一郎殿、あきらめなされ。あの音乃という娘は、とても貴殿の敵《かな》う相手ではない」

そう告げれば弥一郎は引くと思って、井上は言ったのだが、幼いころから神童と呼ばれた男にとって、これほどの屈辱はない。音乃の背中を目の前にしてその悔しさが、弥一郎の全身を鼠《ねずみ》のように駆け巡った。

——おのれ、音乃め。よくもこのおれを愚弄《ぐろう》してくれたな。

音乃はもう恋慕の対象ではない。瞬時にして、想う気持ちはどこかに去り脳裏に憎さが募《つの》る。弥一郎の気持ちが殺意に変わる瞬間であった。

弥一郎がささいなことでもすぐに激情するのは、生まれたときからの性格で直しようがない。

刀の柄《つか》に手をかけ、鯉口を切る。

あと一間と迫ったところで、弥一郎は刀を抜くつもりであった。

間合いが、一間に迫った。

弥一郎が刀を抜こうとしたそこに、いきなり襟首をつかんだ者がいた。

「誰だ？　何をしやがる」

大身旗本の嫡男らしからぬ、弥一郎の伝法《でんぽう》な言葉が音乃の背後で聞こえた。

「てめえこそ、こんなところで娘の尻を追っかけ回して何をしてやがる？」

音乃が振り向くと提灯の明かりの中に、二人の男が浮かぶ。両者とも、二十歳を過ぎたばかりの若者であった。

「……おや、このお方は？」

弥一郎の襟首をつかんだ男は、たまに町で見かける定町廻り同心であった。名までは分からない。上背が六尺近くもある大男だが、目尻の下がった温和な顔は人懐こそうである。往来を行き交い、年寄りや子供に話しかけているのを音乃も見たことがある。

腰の曲がった年寄りや、小さな子供に対しては大きな体を落とし、同じ高さの目線で話しかけている、その姿に音乃は好感をもったものだ。

もう一人、あとを尾けてきた若侍に音乃は首を捻った。遠い昔に、その顔を見たような気がしたからだ。どこの誰であったか、思い出せない。

三人は、三角の形で路上に立っている。音乃のもつ提灯の明かりの中に、三人の姿が浮かぶ。

「最近夜中に出没しては、手籠《てご》めにしようと娘に襲いかかるのはてめえだな？」

「おのれは、町廻りの同心か？」

問いには答えず、若侍の、居丈高なもの言いが返る。

「ああ、そうだ。いかにもおれは、北町奉行所の巽真之介ってえ者だ。武家であろうがなかろうが、娘をたぶらかそうとする奴は、この十手が容赦しねえ」

十手の先を、相手の喉元に突きつけて同心が言った。

巽真之介と名乗った同心の、表情が変わっている。柔和な顔は影を潜め、目を吊り上げた厳《いか》つい形相は鬼にも見える。

「同心ごときの分際で、この俺をどうしようって言うのだ？」

十手の先が喉に当たり、弥一郎は身動きが取れない。それでも、口だけは動く。

「悪事を働く者は、誰だって裁きを受けてもらうってのが、世の中の常道だろうよ。相手が偉かろうがなんだろうが、地獄に落とすかどうか決められるのは、閻魔さまだけだぜ」

真之介の口から『閻魔』という言葉を音乃が聞いたのは、このときが初めてであった。それが、音乃の頭の中に深く焼きつく。

苦し紛《まぎ》れに、弥一郎が強がりを言う。

「きっ、きさまは、俺が誰だか知っててものを言ってんだろうな」

「知ってるわけねえだろ、てめえみてえな男の屑《くず》など」

真之介の、辛辣《しんらつ》な言葉がさらに弥一郎を刺激する。

「なんだとぉー」

屑呼ばわりされて、弥一郎の目が血走った。

こめかみには青筋の血管が浮き出て、顔を真っ赤にしての怒りの形相だ。しかし、真之介はまったく動じない。

「だったら、名乗ってもらおうじゃねえか。どれほど偉え奴か知らねえが、そんなんで、おれが怖気《おじけ》づくと思ったら大間違えだぜ」

十手の先を、弥一郎の喉にさらに食い込ませて真之介は言う。

「さあ、立派な名を名乗んねえ」

「くっ、苦しいから十手をどけろ」

「ああ、名乗ったらすぐにでも離してやるぜ。それだけ減らず口を叩けるんだ。名前《なめえ》ぐれえは言えるだろ」

「いっ、板谷弥一郎……」

呟くような、弥一郎の小声であった。

「もう一回言ってくれねえか？　小せえ声で聞こえなかったぜ」

耳に入らなかったか、真之介が問い直す。

「板谷弥一郎だ」

名乗る弥一郎の声が、音乃の耳にも入った。

「……えっ？」

その名に聞き覚えがあり、音乃は驚く顔を弥一郎に向けた。

一月ほど前に、父から聞いた名であった。こんなよい縁談話はないぞと、勧められた相手の名であったからだ。

音乃が思ったとおり、弥一郎とはこれが初対面ではない。

十年という歳月が、互いの容姿を変えた。互いに、一度会ったことは忘れている。

音乃は黙って、相対する二人の男の顔を見比べた。

――同じ男だというのに、えらい違い。

弥一郎の首に十手を突きつけている、巽真之介に音乃の目がいく。しかし、真之介の顔は弥一郎に向いている。

七

真之介から鬼の形相は消え、いつもの柔和な顔になった。

ずいぶんと表情が変わる男だと、このとき音乃は思った。真之介の声音も、穏やかになっている。

「板谷弥一郎だと？　するってえと、勘定奉行の……」

「ああ、そうだ。俺がその跡取りよ。どうだ、怖気づいたか？」

真之介の様相が変わったのを見て、にわかに弥一郎の、口と態度が居丈高になった。その、人を見下《くだ》すような態度に、音乃は弥一郎の昔の面影を感じた。

――もしや、あのときの？

およそ十年前。弥一郎たちが寄ってたかって幼い子供をいたぶっていた、路地での出来事を思い出す。弥一郎の腹を突いたあのときの感触が、握った拳によみがえった。

名乗りを聞いて、さてどう出るか、音乃は固唾《かたず》を呑んで真之介の次の言葉を待った。

すると、真之介の目が再び吊り上がって厳《いか》つい形相になっている。

「そうかい。それじゃ、なおさらいけねえな。縄をとらせてもらうぜ」

真之介は落ち着いた口調で言うと、懐から細縄を取り出した。

「手を出してもらおうかい」

両手を縛り、体の自由を奪おうとする。これには、弥一郎もさすがに驚く。

「なんだと！　この俺さまを誰だか知ってても縛ろうってのか？」

虚勢を張った、弥一郎の怒声であった。

「ああ、そうだ。番屋に行ってもらうが、途中で刀を抜かれちゃいけねえんで縛らせてもらうぜ」

真之介の言葉に、権力に対してのもの怖じはまったくない。

「番屋だと。俺が何をしたってのだ？」

「このお嬢さんを斬ろうとしていた。柄に手を置いていただろ。近ごろ娘さんたちが往来で頻繁に襲われてるってのでな、おめえが怪しいとずっと尾けてきたんだ。そしたら、案の定……」

「ええい、町方の分際で何を言ってやがる」

真之介の言葉を押し止め、弥一郎は刀を抜こうと柄《つか》に手をかけた。すると、ピシッと小気味のよい音が鳴った。

「うっ……」

弥一郎の顔が苦しげに歪《ゆが》む。刀の柄をもつ手の甲に、真之介が十手の心棒を当てたからだ。

「痛えかい。おれが黙っていたらこのお嬢さんは、それ以上に痛え思いをしたんだぜ。この先、この国を背負おうって者《もん》が、そんな道理を知らねえわけがねえよな」

「くそっ、この俺を愚弄しやがって」

苦痛か悔しさからか、弥一郎はペッと音を発して、路上に唾を吐き捨てて、言った。

「おお、そうだ。町方は武士を捕らえることはできねえってのを知ってるか？」

弥一郎の抗いに、真之介は動ぜず首を振る。

「ああ、ご政道ではな。だがおれは違うぜ。閻魔さまってのは、誰であろうと悪い奴は容赦はしねえ。相手が偉かろうがなんだろうが、人を区別しねえで地獄に送り込むって話だぜ」

言いながら真之介は、かまわず弥一郎の両手を細縄で結わえつけた。

「うしろ手で縛られねえのは、おれの慈悲だぜ」

「おのれー、こんなことをしてあとで後悔するなよ」

親の権力を味方にするも、真之介はどこ吹く風でそっぽを向く。

番屋に連れていかれても、弥一郎はすぐに放免になるだろう。そして、親である勘定奉行に訴えるはずだ。その反動を、真之介はどう受け止めるのか、音乃はそれを知りたいと思った。

真之介の顔が音乃に向いた。

「お嬢さん、おれはこいつを番屋に連れていかなくてはならねえ。あたりは真っ暗で物騒だが、独りで家に帰ってくれねえか。家はどこだい？」

「ここから二町のところです」

「気をつけて、帰ってくんな」

それじゃあと言って、真之介は弥一郎を引っ立てる。その姿が暗闇に消えるまで、音乃は真之介のうしろ姿を見送っていた。

「……巽真之介」

音乃の脳裏にその名が刻み込まれる。

これが二人の、初めての出会いであった。


音乃と真之介の再会は、意外とすぐにあった。

それは、出会いから十日ほど経った、日本橋《にほんばし》から南に五町ほどいった中橋広小路町《なかはしひろこうじ》の、東海道《とうかいどう》に通じる目抜き通りの路上であった。

人の行き交いが、多い場所である。

あの日以来、音乃は娘心に、真之介と逢えるのではないかと、意識して道を歩くようになっていた。

正午を報せる鐘の音を聞いてから、半刻ほどが経った昼下がり。

「……あっ、あれは？」

十日ほど前の夜、提灯の明かりに浮かんだ姿を音乃は目にした。

まさしく巽真之介。

二十間先の人混みの中を、向かって歩いてくるのが音乃に分かった。

六尺近い、一際《ひときわ》大きな体なので目立つ。人懐こそうな丸い顔。垂れた目尻は、いつも笑っているような感じがする。

――どこがどうなると、あの閻魔さまのような怒った顔になるんだろう？

そう思ったとき、音乃の胸がドキンと一つ高鳴りを打った。

――何か、語りかけねば。そうだ、まずはあのときの礼を言おう。

考える間にも、間合いが十間と迫る。

ここまで近づけば、真之介も音乃に気づくはずだ。だが、真之介にその素振りはない。何か、一点先を見つめているようだ。

真之介の五間ほど前を若い男が歩く。そこに目がいっているようだ。

音乃の意識は、真之介に向いている。その前を歩く男は眼中になかった。

すると次の瞬間、音乃はゴツンと軽い痛みを感じた。

「おっと、ごめんよ」

「わたしのほうこそ、ごめんなさい」

男にぶつかったのはぼんやりしていた自分の不注意と、音乃も詫びを言った。しかし、口と動きは違っていた。

音乃の手は、しっかりと若い男の腕を握っている。男の手には、女物の紙入れがあった。

「これって、わたしのじゃないの？」

激しく腕を振るって男は逃げようと試みる。だが、動けば動くほど、自由が利かなくなる。

「それ以上動くと、腕の骨が折れるよ」

音乃の伝法な口調は、悪漢と対峙《たいじ》したときに出てしまう。子供のころより、町人たちの言葉が面白く、それを真似しているうちに身についてしまった。

関節を逆に回し、音乃が腕を捻じ曲げている。男は身動きが取れず、おとなしくなって、地べたへとひざまずく。そこで音乃は、つかむ手を緩めた。

その瞬間――。

巾着切が緩めた手を振りほどき、駆け出そうとしたところで音乃の足が男の脛《すね》に絡みついた。勢い余って、男は往来でもんどりうった。

「逃げようたって、そうはいかないよ」

巾着切に、もう抗いはなかった。

その一部始終を、真之介は間近で見やっていた。

「お手柄だったな、お嬢さん……あれ？」

真之介が笑顔で、音乃に近づいた。

「あんた、どこかで……そうか、あの夜……」

ようやく真之介も、音乃に気づいたようだ。

「それよりも、早くこの男を……」

「おお、そうだったな。おれの目の前で掏《す》りを働くなんて、ふてえ野郎だ」

観念しろと、真之介は懐から細縄を取り出すと、素早くうしろ手に縛った。

「えれえべっぴんさんだってのに、手強《てごえ》えもんだな。何か、柔術でもやってるのかい？」

「いいえ。咄嗟《とっさ》のことでして、何がなんだか夢中でした」

音乃は、武術の稽古をしていることは黙しておくことにした。真之介を前に、娘として武勇伝に恥じらいを感じたからだ。

「ふーん、そうかい」

真之介は気づいていた。武家の娘といえど、掏りを捕まえた身のこなしは伊達《だて》ではないと。しかし真之介は、それ以上問いかけるようなことはしない。

「そうかい。まあ、なんにしろ助かったぜ」

そのとき真之介の背後に、岡っ引きが近づいてきた。

「旦那、銀治《ぎんじ》の野郎をとうとう捕まえやしたね」

「ああ、このお嬢さんのおかげだ」

真之介が、人懐こそうな笑顔を音乃に向けた。たいして色男ではないが、音乃は胸の動悸が速まるのを感じた。

「長八親分、こいつをあそこの番屋に引っ立ててくれ。おれは、このお嬢さんと話がある」

長八と呼んだ岡っ引きに、捕り縄を渡すと真之介の体が音乃に向いた。

「怪我はなかったかい？」

真之介が、音乃の身を案じた。

「はい。どこも……」

痛くはないと、音乃は小さく頭《かぶり》を振った。

「あの巾着切は銀治といってな、おれがいるのを知っていながら仕事をしやがった。巾着切ってのは頑固なところがあってな、捕まえられるもんなら捕まえてみろと、見栄を張りやがる。銀治の野郎もおれを挑発しやがったが、ぶつかった相手が悪かったってことだな」

誉れ高き美人と町方同心の往来での立ち話を、通りを歩く人たちが、好奇な目を向けながら通り過ぎる。

「お話があるのなら、ここでは……」

「それもそうだな。だったら、あそこに茶屋がある」

甘味団子と書かれた暖簾《のれん》の茶屋に、二人は入った。

「お手柄だったんでな、奉行所から礼があるかもしれねえ。名を聞かせちゃくれねえか」

真之介の口調は、あくまでも役人そのものである。そこには、男と女の関わりは微塵も感じられない。

「道中方は奥田義兵衛の三女で、音乃と申します」

「道中方というと、道中奉行の下につくあの道中方かい？」

「左様です」

「道中奉行ってのは、大目付と勘定奉行が兼ねる役職のようだけど……ああ、そうか」

真之介は何に得心したか、大きくうなずきを見せた。

「先だっての夜捕まえたあの板谷弥一郎って野郎は、勘定奉行の倅だったな。それで、お嬢さんに言い寄っていたのか」

「いえ。父は、勘定奉行様ではなく大目付様の配下でございまして……」

「そうだったかい」

真之介から笑みがなくなり、表情には真剣みが帯びた。目尻が上がり、人懐こそうな面影は消える。その表情の変化から、音乃は何かあったとつぶさに感じ取った。

あの後のことが、音乃にとって気にかかっていた。

「その後、何かありましたのでしょうか？」

「あったどころではねえ。弥一郎の野郎に灸《きゅう》をすえようと、一晩番屋に留め置いて、次の朝解き放したんだが……」

真之介はここで話しに間を取り、茶を一服すすった。

「そうだ、ゆっくり話してる暇はなかった。番屋に銀治を置いたままだったな」

言うと真之介は突然立ち上がって、刀を腰に差した。

「お話がまだ……」

済んではいないと、音乃が引き止めようとする。

「音乃さんに話しても詮《せん》のねえこったから、気にしねえでくれ。婆さん、茶代はここにおいとくよ」

気にするなと言われれば、余計に気になる。だが、真之介は音乃にかまわず茶代を長床几に置くと、すたすたと外へと出ていった。唖然とした面持ちで、音乃は真之介のうしろ姿を見送った。

八

その夜のことである。

およそ半月ぶりに、奥田義兵衛が家に戻っていた。

道中方というのは、五街道の宿場を見廻るため、ほとんど家を留守にする多忙な役職であった。

「——今日までは東海道を見廻ってきたが、明日からは中山道《なかせんどう》を前橋《まえばし》まで行く。また、当分帰れんでな」

風呂から上がってくつろぐ義兵衛が、音乃に酒の相手をさせながら言った。

「ところで家に戻る前に、大目付さまのところに寄ったが、妙なことを言っていたな」

「妙なこととは……？」

義兵衛の空になった杯に酒を注ぎながら、音乃が訊いた。

「町方同心の一人が解雇になるとかならんとか。なぜに大目付さまがそんな話をするのかよく分からんかった」

義兵衛の話を聞いて、音乃はこのことだったかと得心した。だが、もっと話の先を聞こうと、音乃は真之介のことはまだ黙っていることにした。

「それで、大目付さまは、そのあとなんと……?」

「口を濁して、話は別のことに移った。なぜにわしなどに一介の町方役人の話をしたのか、どうも引っかかっていてな。家に戻ってしばらく考えていたんだが、すると……」


勘のよい義兵衛である。

「以前、大目付さまから勧められた、音乃の縁談に関わる話をしようとしていたのではないかとな。音乃に、思い当たる節はないか?」

真之介と板谷弥一郎の話は、大目付の耳にも入っていた。おそらく大目付は、義兵衛に向けて、うっかり口を滑らせたのだろうと音乃は読んだ。大概の者なら、そこで話は止まっているのだろうが、義兵衛の勘が働いた。

「実は父上……」

音乃はあらましを義兵衛に語ることにした。

「十日ほど前のこと。お裁縫の帰りが遅くなり……」

そのときの経緯《いきさつ》を、音乃は要点だけを順を追って語った。

まずは、町方同心の巽真之介が現れ、弥一郎を一晩番屋に留め置いたことまでを告げた。

「そんなことがあったのか？　その巽真之介という同心は、相当骨太い男であるな」

「今日もたまたま中橋広小路町の路上でお会いしまして……」

掏りを捕まえたところから、音乃が語る。

「そういえば帰り道にあのあたりで、掏りを捕まえて番所に入る岡っ引きを見たぞ。そうか、音乃が捕まえたのかあの巾着切は。でかしたな」

思わぬところで、父親から褒められる。

「その巽さまですが……」

茶屋でのやり取りを語った。話を途中にして、真之介が茶屋を出ていった様子までを語り、音乃の口が閉じた。

話を聞き終え、義兵衛が腕を組んで考えている。膳に置かれた杯には、まだ酒が残っている。

「罷免されようとしているのは、その巽真之介という者に間違いはなかろう。勘定奉行から大目付に話が行って北町奉行が……いや、その逆かもしれん。北町奉行が大目付さまのほうに……そんなのはどっちでもよいが、音乃が関わるとなると、聞き捨てならんな」

義兵衛の、長い呟きとも取れる言葉が音乃の耳に入った。

「本来なら馘首《くび》にならんまでも、すぐにどこかの部署に飛ばされるのであろうが、それから十日も経つのにまだ第一線で働いている。北町奉行が話を押さえているのであろうな。勘定奉行のごり押しが、目に見えるようだ。町奉行も困っているのであろう」

「なんとかならないのでしょうか？　父上」

音乃が、膝をにじり寄せて義兵衛に言った。

「……おや？」

そんな音乃の様子に、今まで見たことのない女の情緒が感じられる。義兵衛が、わが娘に初めて見抜いた感覚であった。

「なんとかといってもな、わしの立場では……」

三千石取り大身たちの話に、義兵衛が口を挟むことはできない。だが、そんなことで怯《ひる》んでいては父として、いや男としての立場を失う。一介の町方同心が、勘定奉行を相手に噛みついたのだ。

普段から、義兵衛も勘定奉行の評判は聞いている。金の力でのし上がったというのが、陰でのもっぱらの評判だ。

「いや、どうにかせんといかん。どこまでできるか分からんがな」

義兵衛の頭の中は、前のほうに向いた。

目を瞑り、考えに耽《ふけ》っていた義兵衛の目がおもむろに開いた。

そして音乃に話しかける。

「もしかしたら音乃、その巽真之介という同心に惚れたな？」

いきなりであった。

胸中を突かれて、音乃は動転をする。

「なっ、何をおっしゃるのですか父上は……」

「ははは、音乃ともあろう娘がうろたえおって」

笑い声を発するということは、義兵衛は容認しているのだろうか。音乃は、それが気にかかった。

「それで、相手はどうなのだ？」

いきなり問われても、返す言葉はなく音乃は黙った。

「音乃は以前より、町方同心の妻になりたいなどとと言っておったからな」

義兵衛の話が、本題から逸《そ》れている。

「話を聞くと、その巽真之介という男、どうやら並大抵の同心ではなさそうだ。北町奉行が定町廻りの職から手放したくない気持ちがわかる。実はわしはな、勘定奉行の伜との縁談を断るのに、大目付さまに言ったのだ」

「そのとき、父上はなんと……？」

「ああ、あんな勘定奉行の馬鹿息子に音乃を娶《めと》らすのなら、いくら身分が下であっても町方同心のほうが遥かによい、とな」

義兵衛は、娘の心の内を見抜いていた。そして、それを口にする。

「大体からして、音乃がこれぞと思った男であろう。それでどうなんだ、相手のほうは？」

「相手のほうはと申されましても、わたくしのほうには気が向いておりませんようで」

「なんだと。寄ってたかって言い寄る男をこれまで袖にしてきた音乃に、まったく目をくれないというのか？」

「お嬢さんなどと言って、わたくしを女として見てくれません」

「まったく無感傷な男もいたものだ。ますますその真之介というのを、わしは気に入ったぞ」

まだ一度も会ったことのない相手を、義兵衛は話だけで受け入れた。

「こうとなったら、どうしても町方同心の職から外すことはできんな。ならば、明日出立前、大目付さまへのご挨拶の折、なんとかしてもらおう。話を聞いてもらえぬお方ではないからな」

義兵衛のほうが突っ走っている。

それはそれで、音乃にとってありがたいのだが。

「……父上」

義兵衛に感謝をしてよいのかどうか、音乃は迷っていた。

なんといっても、肝心な真之介の心をまだつかんでいないからだ。

あれほどの男である。真之介には、他に想う女がいるかもしれない。いや、すでに世帯をもっているかもしれない。そのあたりは、今の音乃にはまだ判断がつきかねるところであった。

「ところで、音乃……」

義兵衛の表情が、笑いを含んだものから真顔に変わっている。

「はい」

居住まいを正して、音乃は義兵衛に向き直った。

「町方同心のところに嫁に行くのは、それなりの覚悟がいるぞ」

まだどうなるかも分からないのに、義兵衛がいきなり心構えを説く。

「おや、父上はもうそんなことをご心配されていますので？」

「いや。その巽真之介という男、音乃の話によれば、そん所そこいらの町方同心でないみたいだからこそ、気にかかるのだ」

「なぜで、ございましょう？」

「どうやら、何事にも動じない男のようだ。それほどできる男というのは、心に強さがある。ということは、どんな困難にも勇猛に立ち向かっていくということだ。反面、それが命取りになることがある。もし、義理の倅になったならば、少しは引くことも考えてもらわんとな」

「その説は、やはり孫子の教えに出てまいりますね。たしか将の『五危《ごき》』の一つかと」

　戦場において、軍の指揮をとる将軍が陥りやすい五つの危険を示した教訓の一説を、音乃は口に出した。

「おお、よく知っておるな。音乃の伴侶となる者には、そのあたりのことにも気をつけてもらわんとな。唯一わしに気がかりなところがあるとすれば、そこだけだ」

「ずいぶんと父上もお気が回りますこと。まだ、真之介さまとはどうなると分かったことではありませんのに。すでに決まったお相手がいるかもしれないし、もうご世帯をもっているかもしれません」

　と言って、義兵衛の不安には取り合わない。音乃は、笑みを浮かべながら小さく首を振った。

「なんだと、そのへんのこともまだ聞きおよんでないのか？」

「今日お会いしたのが二度目ですから。とても、そこまで……」

「まあ、よい。そんなことはすぐに知れることだ。音乃のことはともかく、そのような優れた人材を失くすことは、江戸庶民にとって宝を失うことと同じだ」

「それほどのお方を、よくも私怨で排除しようとなされますね」

「それが、度量のないお偉方というものだ。あの板谷幸太郎《こうたろう》という勘定奉行は、名門を鼻にかけているが、実力はまったくない。金で地位を手に入れたようなものだからな。ただやたら威張りくさっているだけで、あんなのが勘定奉行の重職に納まっているのだから
ては、景気など一向によくはならん」

憤りが、義兵衛の口を吐《つ》く。

「それなら、なおさら真之介さまを……」

「首にするわけにはいかんだろうな」

かといって、義兵衛の身分ではいかんともしがたい。さて、どうしたものかと、義兵衛は腕を組んで考える。

「いいことを思いつきました」

しばらくして、音乃は下に向けた顔を戻して言った。膳に載った銚子を手にして、注ぎ口を義兵衛の杯に向けた。

「父上、一献」

燗が冷めた酒を、音乃は義兵衛の杯に注ぎながら言う。

「こんな策は、いかがでしょうか」

「ほう、何か策が見つかったか？」

冷たくなった酒を呷《あお》って、義兵衛が問うた。

「大目付さまに頼らなくても、わたくしに考えが……」

音乃の声音が、一段と小さくなった。

「まずは、真之介さまの進退に勘定奉行が関与しているかどうかを探ります」

「どうやって?」

「弥一郎から、わたくしが直《じか》に聞き出します。おびき出すのは簡単です。その上で……」

さらに声音を小さくして音乃が説いた。

「なるほど。それも、孫子の兵法に出てくるな」

「はい。敵を思うままに繰る一手かと。やってみましょう」

「音乃も、惚れた男にはずいぶんと肩入れをするものだな」

「まあ、父上。ずいぶんと、下世話なもの言いですこと」

恥じらう音乃に向けてはははと笑い、義兵衛は注がれた酒を一気に呑み干した。

その夜、音乃は深夜までかかり、一通の書状を書き上げた。

巽真之介のためには、一所懸命である。

固く封をし、宛名に『板谷弥一郎様』と書いて文机の上に置いた。差出人のところは小さく仮名で『おと』と触れておく。

「これでよし……」

明日になったら、板谷家に投げ込むつもりであった。

第二章　押しかけ女房

一

翌朝早くに、義兵衛は発った。

中山道に向かう前に、大目付の役宅を訪れる。

「ご苦労であるが、頼む」

大目付井上の労《ねぎら》いを受け、出立の挨拶は済んだ。しかし、義兵衛はすぐには立ち上がろうとしない。

「大目付さま、少しよろしいでしょうか？」

「なんだ？」

「昨日、大目付さまがひと言漏らしたことですが……」

「なんであったかな？」

「町方同心の一人が、罷免されるとかどうとか」

「ああ、そのことか」

すでに念頭にはないような、大目付のもの言いであった。

「その町方同心というのは、もしや巽真之介という者では……？」

「どうして、知っている？」

「やはり、そうでありましたか。娘と若干関わりがございまして……」

「おお。以前、そんなようなことを言っておったな」

「つきましては、もっと詳しくお聞かせ願えましたらと」

「なぜに、一介の町方役人に、義兵衛がそれほどこだわるのだ？　そのことならもう沙汰が決まり、今日にも当人に触れが出るそうだ」

「今日で、ありますか？」

驚きの口調で、義兵衛が問うた。

もう少し時の猶予があると思っていた。

「失うには惜しい男と、北町奉行から相談を受けたが、どうにも方策が見つからん。ご老中が決めたことでな、今日が期限であるそうだ」

「ご老中ですと？」

この件に、老中が絡んでいることを義兵衛は初めて知った。

「そうなると、もう誰にも止められん」

「大目付さま。それというのは、勘定奉行さまの……」

「それ以上は言うな義兵衛、口が過ぎるぞ。幕閣が決めたことを、覆《くつがえ》すことはできん」

「左様でありまするか」

ふーっと大きくため息をまじえ、義兵衛の肩はガクリと落ちた。

大目付に訴えても、すでに決まったことは曲げられないのを、義兵衛は重々《じゅうじゅう》承知している。

音乃が口にした策は、なるほどと思ったものの、何ぶんにも期限が今日のきょうである。

昨夜、遅くまで音乃と考えた策がこれで無駄になるだろうと、義兵衛はあきらめの境地となった。

定町廻り同心から身を引いても、音乃は巽真之介を想いつづけるだろう。話に聞いた男ぶりなら、何をやってもそれなりに生きていく。むしろ、危険に身を置かない分だけ、安心できるというものだ。

真之介のことはここまでにしようと、義兵衛は頭の中を自分の仕事を全うするほうに切り替えた。

「それでは、行ってまいりまする」

「ああ、道中気をつけてな」

大目付の役宅を出てから、義兵衛は迷った。音乃に、真之介罷免の決定を告げてから行こうかどうかを。

「いや、よそう。告げたところでどうにもならんことだしな。音乃が自分で知って、自分で対処をするだろう」

義兵衛は独りごちると、気持ちを中山道に向けた。

板谷本家は、徳川《とくがわ》三河《みかわ》以来の家臣にあって、五万石の譜代大名として過去に老中を輩出するほどの名門の誉れが高い家である。

その親戚筋である勘定奉行の板谷幸太郎の家は、初代板谷家当主の、弟筋に当たる家柄であった。三千石の禄を取る、身分は旗本である。

幸太郎は一時期無役の『寄合《よりあい》』に身を置いていた。そこで、どこでどう財を作ったのか巨万の富を手にし、幕閣に賄賂を贈りつづけたあげく、とうとう勘定奉行にまでなった男である。

その嫡男が弥一郎である。

ともども、財や地位をうしろ盾にして虚勢を張る親子であった。

十日ほど前のこと。

倅の弥一郎が、一夜番屋に留め置かれたことに、父親である幸太郎は激怒した。

「——誰なのだ。弥一郎《おまえ》を縛った町方同心というのは？」

「巽真之介という、北町の同心です」

「おのれ、由緒ある板谷の家に恥をかかせおって。許してはおけん！」

幸太郎の激高《げっこう》する大音声《だいおんじょう》が、屋敷の中に轟き渡った。

さっそく幸太郎は、これまで賄賂を贈りつづけていた老中に願い出た。

「弥一郎を縛った町方を、どうか罷免にしてくだされ」

「町方は、なんという名だ？」

脇息《きょうそく》に太った体をもたれ、老中が問う。

「北町奉行配下で、巽真之介という男だそうです」

「巽真之介か……」

老中の膝元に、紫の袱紗《ふくさ》で包まれたものが置かれている。老中はおもむろに、袱紗を開いた。中には封がされた切り餅が八個入っている。一個が二十五両だから、都合二百両ある。

「どうぞ、お茶代としてお収めください」

二百両をお茶代と言うのだから、二人がやり取りする賄賂としては微細な金額なのだろう。

「うむ」

なんのためらいもなく、老中は袱紗を包み直すと脇息の脚の下に隠した。それが、勘定奉行である板谷幸太郎の話を受け入れた、無言の答であった。

寺社奉行を含む三奉行は、老中の指揮下に入る。

勘定奉行の板谷が退席すると、さっそく老中は北町奉行の榊原主計頭忠之を呼びつけた。

「ご老中、何かご用で……」

「そこもとの配下に、巽……なんといったかな？」

老中は、先刻板谷から聞いた名を失念していた。

「巽の苗字がつく者は、三人ほどおりますが」

「同心で、その苗字がつく者はおらんか？」

「みな、同心であります。役職はどんな？」

「そうだ、町方と言っておったな」

「でしたら、巽真之介という名では？」

「そう、その真之介だ」

思い出してほっとしたか、老中の肥った体が起き上がった。

「巽真之介が、どうされたと？」

「その者を、即刻、罷免してくれ」

「ご老中、今なんとおっしゃられました？」

いきなり言われ、意味がとらえられず榊原は思わず訊き返した。

「巽真之介という町方を、首にしろと言ったのだ」

「ご老中、それはいったいどういうわけでございましょうか？」

榊原忠之が、身を乗り出して問う。二膝進めたので、詰め寄ったといってもよい。

「町方一人の首を切るのに、わけを話さんといかんか？」

「当然でございます。お言葉を返すようですが、定町廻りは江戸の治安を守る、大切な部署。そう簡単に、誰かと交代させるわけにはまいりません。それと、巽真之介という男は、かなり優れた者であります。奉行所はじまって以来の、傑物と申してよいでしょう。失うわけにはまいりません」

頑として、老中の話を榊原は拒んだ。老中に盾をつくほどの、気概のある町奉行であった。

「このわしの命令であるぞ」

「命令とあらば従いますが、それなりの理由《わけ》をお聞かせいただけませんでしょうか」

畳に拝しながら、榊原は願った。

「ならば申すが、その巽という男大変なことをしでかしてな……」

「大変なことと申しますと？」

「勘定奉行である板谷幸太郎の倅、弥一郎を牢にぶち込んだというではないか」

老中の話に、榊原は腰を引かせた。

「どうした。あまり驚きはせんな」

「はっ。そのことでしたら、与力を通して当人からの申し出がありました。暗闇で、人を斬りつけようとしたので捕らえたとのことです。それは板谷殿に非があるものと、解釈しておりますが……」

「いや、違う」

　老中が、大きく頭《かぶり》を振った。

「ならば、いかなることで……？」

「町人の娘を、無礼打ちにするのはいた仕方なかろう。非は娘にあり、斬らねばならぬほどの理由《わけ》があったと言っておったぞ」

　老中が、板谷幸太郎の曲がった話を真《ま》に受けている。

「それに、町方が武士を直に捕らえることはできなかろう。縄まで打ったというではないか。そういう場合は旗本、御家人を統轄する目付に申し立てればよかろうて」

　二百両をせしめ、老中のほうが居直っている。

「即刻、巽を首にいたせ」

　それ以上は聞く耳もたぬとばかりに、老中の沙汰が下された。

　幕府重鎮である老中の命令は絶対だ。

　町奉行の立場としては抗うことは難しい。それと、過失は真之介の勇み足にある。

　榊原は、不利を悟った。

「ならば、どこかに配置転換をいたしまする」

　このとき榊原の脳裏では、牢屋役人かどこかに異動させ、ほとぼりが冷めたら引き戻そうとの考えがよぎっていた。

「いや、ならぬ。さっさと奉行所から追い出すのだ」

「ご老中、それは……」

できないと、大きく首を横に振るが、ここでは老中を説得する方策が見当たらない。しかし、そんな理不尽とも思える命令をすぐさま受け入れることもできない。それと、真之介を手放すのは奉行所としても痛手である。巽真之介に対する榊原の評価は絶大であった。

「でしたらご老中、二十日ほどご猶予をいただけませぬか？」

榊原としては、精一杯の要求であった。

その間に、なんとか沙汰が取り消されるよう、働きかけるつもりであった。

「二十日もか……」

不満そうな顔をして、老中は考える。

二百両を受け取った手前、即刻というのを板谷と約束していた。しかし、榊原の町奉行としての業績も知っている。板谷の才覚と比べたら、雲泥《うんでい》の差であることも。板谷からの賂《まいない》がなかったら、それこそ、即刻勘定奉行を更迭《こうてつ》しているところだ。

榊原の申し出を無下《むげ》にもできない。政道に誤りを見つければ、老中に対してさえ直に不備を突いてくるほどの熱血漢である。榊原の少々言葉が荒いのを、数人いる老中たちは目を瞑っていた。

「ならば、十日待つ。それがわしの、精一杯の譲歩だ。その間に、わしを説得するほどの証《あか》しをもってまいれ」

期限を半分に減らされたが、なんとか即刻は避けることができた。

「かしこまりました」

榊原のほうも、頭を下げざるをえない。

その後、榊原は各署に働きかけたが、これといって老中を説得する材料も見つからず、時だけが過ぎていった。

大目付の井上に相談をかけたのも、そのころであった。しかし、これといった策も見い出せず、とうとう期限の十日が過ぎた。

二

音乃は朝早くに起きて、すでに動いていた。

板谷家の屋敷は、音乃が住むところからさらに南に五町ほど行った、芝口《しばぐち》にあった。

三千石の拝領屋敷となれば、敷地も千坪を越す。

海鼠《なまこ》壁と長屋塀に囲まれた敷地の中に、三百坪ほどの母家が建っている。

家臣が住む棟に、長屋門がある。音乃は板谷家の門前に立った。

身分は足軽の門番が一人立っている。退屈か眠気からか、門番の口が大きく開いている。

大あくびを音乃に見られ、門番は慌てて口を閉じた。音乃は笑顔を浮かべて、門番に近づいていった。

「おはようございます」

朝から別嬪と謳《うた》われた音乃から話しかけられ、門番の顔が緩みをもった。

「はっ、はい……」

いきなり目の前に現れた音乃の美しさにあてられてか、門番の返事は生半可《なまはんか》なものとなった。

「どのようなご用件で……？」

言葉もへりくだっている。

「こちらに、弥一郎さまというお方はおられますでしょうか？」

浮かべた笑顔を消さずに、音乃が問うた。

「弥一郎様ですか？」

「はい、さようで……」

「でしたら、まだ寝ておられると思いますが」

すでに日が高く昇った、朝五ツ半どきである。江戸中はみな起き出し、働いている刻限である。よほどぐうたらな男だと、音乃は改めて思った。

「ならば、これを弥一郎さまにお渡しください」

上目遣いの艶っぽい目を門番に向けながら、音乃は懐《ふところ》から書状を取り出した。

「えっ、これをですか？」

書状を弥一郎への付《つ》け文《ぶみ》と取ったか、門番の驚く顔が向いた。朝っぱらから大胆な娘だとの思いが表情に宿っている。

「そんな、あなたさまが思っているものとは違いますから……」

少しはにかむ口調で、音乃は言った。

弥一郎にとって大事なものと取り、門番は書状を受け取った。

「かしこまった。ちょっと、待っていてくだされ」

門番が邸内に入り、直に弥一郎のもとに届けるようだ。

無事に書状が届いたならば、四半刻後に弥一郎は屋敷から出てくるだろうと、音乃は読んでいた。

まだ寝ているとのこと。着替えをすませ、身形《みなり》を整えるにはそれほどの時がかかるものだ。

音乃は、門番の戻りを待たずに、門の前から離れた。

十間ほど離れた物陰に隠れ、屋敷の様子を見やった。

やがて門番が戻ってきた。音乃がその場にいないのを知って、周りを見回している。

手には書状をもっていない。弥一郎のもとに届いたのだと、音乃はそれで知った。

今ごろ弥一郎は、書状を開いて読んでいるはずだ。

昨夜、芝増上寺《しばぞうじょうじ》の門前町で、しこたま酒を呑んで帰った弥一郎の頭は、今朝になっても重い。

朝になっても起きられず、まだ寝床で横になっていた。

「若……」

襖越しに声がかかった。

「なんだ、うるせえな。ひとが寝てるってのに……」

不機嫌極まりない声を、弥一郎は襖越しに返した。

「門前に、この世の者とは思えぬほどの、美しい娘が立っておりますようで……」

「美しい娘だと？」

襖を挟んでの、家来とのやり取りであった。

「門番が、その娘から若宛に預かったものがあり、それを持参いたしました」

「なんだ、それは？」

「はっ、つけ……」

付け文と言おうとして、家来は口を止めた。

「書状であります」

と、言い換える。

「いいから、もってこい」

襖を開けて、家来が部屋の中へと入った。

弥一郎は寝たままであった。しかも、反対側を向いている。

「差出人は誰だ？」

「おと、と小さく書かれてありますが」

「おと……？」

耳にしても、弥一郎の二日酔いの頭では、すぐには気づかない。

「また、若を慕って娘が……」

と、家臣が言ったところで弥一郎の体が突然起き上がった。

「おい、それをよこせ」

「はっ」

弥一郎の剣幕に驚き、拝礼するように差し出した。弥一郎は、ひったくるようにして手に取る。

「下がれ」

家来を部屋から追いやり、書状を開く。

「板谷弥一郎様か。なになに……」

丁寧に折り畳まれた書状を開きながら読んでいく。長さ六尺にわたる長文であった。

冒頭には、まずは音乃の謝罪が認《したた》められている。

十日前の、弥一郎が町方同心に連行されたのは自分のせいだと書かれてある。

文のつづきは、そうとなった経緯が、長々と書かれてある。読んでいくうちに、弥一郎の目は書状に釘づけとなった。

要約すると、次のような文章が書かれてあった。

『――以前より、弥一郎様がずっと私のことを尾けていたのを知っておりました。なぜに、男らしく目の前に現れなかったのでございましょうか？』

その件《くだり》では、分かっておったのかと弥一郎は舌打ちをする。

先を読むうちに、文章の中に、刀の鯉口を切る音がしたと触れてある。

次の文章で弥一郎は目を見開いた。

『――なぜに私を、背後から斬ろうとなされたのでございましょう？』

弥一郎にとって、思い出したくない事実であった。

『――私を殺すほど憎んでいたのでしょうか？　それとも、その逆で愛《いと》しさが募りすぎて斬ろうとなされたのでしょうか？』

文章は終始問い立ての口調で進んでいる。

中には、本気で夫婦になりたいのかとか、こんなわたしでよろしいのかとか思わせぶりな文も散りばめられ、弥一郎の心をくすぐっている。

末文に目を通す。

『――弥一郎様の本音が知りたくて、すぐにもお会いしたいものです。この書状をお読みになられましたら、お外に出てこられませんか？　私、弥一郎様が出てこられるまで、お外でお待ちしております。かしこ』

で、文は結ばれている。

読みようでは、立派な付け文にも取れる。

弥一郎は立ち上がると、さっそく着替えにかかった。


書状を渡してからおよそ四半刻後――。

「やっぱり、飛び出てきた」

自分の勘のよさに、音乃は喜ぶものの、これからが肝心と気を引き締める。

すぐに面と向かって話しかけたりはしない。これからが、真之介を救う作戦開始である。

音乃は、この日真之介が馘首《かくしゅ》されることを知らない。そのせいか、気持ちにはまだいくらかの余裕があった。

一方では今、目付が北町奉行所に向かっているはずであった。

奉行の榊原と目付が会えば、そこで真之介は奉行所を去らなければならない。一刻の猶予もない事態に陥っていたのである。

弥一郎が門から出て、あたりをうかがっている。

「いないではないか。どこに行ったのだ？」

門番に、強い口調で問うているのが、十間離れた物陰にいる音乃の耳に入った。

「さあ、自分が戻ったときにはおりませんで……」

「馬鹿野郎、門番の役目を果たせねえ奴だ」

相変わらず、弱者に向けては横暴な態度の弥一郎だと音乃は思った。

私ならここにいると、音乃は物陰から出て往来に立った。無言で、門前に目を向ける。

「あっ、あそこにおられます」

門番が指を差し、弥一郎の顔が向いた。それと同時に、音乃は歩き出す。

弥一郎が追ってくる。

日ごろ武術で鍛えている音乃の脚は、そのつもりなら男以上の速さで歩くことができる。

一方の弥一郎の体は、普段から動かしもせず、鈍《なまく》らにできている。そのくせ、虚勢だけは人一倍に身につけていた。

弥一郎が速足で追っても、音乃に近づけない。

あきらめられてもいけないと、音乃は歩みの速さに強弱をつけて弥一郎に追わせた。

このとき音乃は、あるところに向かっていた。

ときどき振り向いては、笑顔を見せる。速さを緩め、弥一郎を近づけさせる。そして、五間ほどに迫るとまた速くする。

そんな動きが四半刻ほど繰り返された。

止まってうしろを振り向くと、弥一郎の顔が真っ赤である。顔からは、汗が滴《したた》り落ちている。

音乃の息づかいや、体にはなんの変調もない。子供のころから、娘だてらに鍛えた体は伊達《だて》ではなかった。

「……だらしないのねえ。相当疲れていそう」

音乃は顔に笑みを浮かべて、弥一郎に小さく会釈を向けた。それが励みか、弥一郎の脚が速くなる。

――もう少し疲れさせてやれ。

その差が、五間ほどに迫ると音乃の歩みが増す。

音乃が少し歩みを速めると、たちまち差が開いてしまう。普段の歩みでも、弥一郎は追いつくことができなくなった。疲れが絶頂に達しているようだ。

「……このあたりでそろそろ」

周囲の様相は、武家地から町屋と変わり、日本橋の目抜き通りを北に向けているところであった。

三

弥一郎が見失ってはいけないと、音乃はおいでおいでをするように立ち止まる。気づいた弥一郎が動き出すのを見て、音乃は道を左に折れた。道はやがて、呉服橋御門《ごふくばし》につきあたる。外濠を渡ると、そこは北町奉行所である。

重厚な門が開いていて、門番が二人立っている。

音乃は門を通り過ぎたところで、いきなり立ち止まった。そのうしろを、よろけた足で弥一郎がついてくる。そして、音乃にようやく追いつくことができた。

「どっ、どこまで行くんだ？」

息を弾ませ、弥一郎が問う。全身汗まみれである。顔も真っ赤に上気して、玉の汗が止め処《ど》なく噴き出している。

「おや、どちらかでお会いになったお方では……」

「なっ、なんだと？」

「さては、あのときの夜、あたしをうしろから尾けていきなり斬りかかろうとしていたお方ではございませんか？」

一世一代のお惚《とぼ》け芝居を、音乃が打《ぶ》った。

音乃からそんな言葉を聞くとは思わず、弥一郎の顔が歪んできている。

「おまえ、おれに付け文を……」

「なんですって？　あたしはそんなもん、あなたに差し上げた覚えはございません。何を言ってるんですか？」

音乃はあえて、町人娘の言葉で応じた。芝居に箔《はく》がつくと思ったからだ。

「だったら、これはなんだ？」

弥一郎は、懐に大事そうに入れておいた、音乃からの書状を出して見せた。

「なんですか、それは？　もしや、あたしとどなたかを間違えておられるのでは……」

「とっ、惚けおって。いったいなんのつもりだ！」

弥一郎の怒声があたりに轟き、奉行所の門番の顔が向いている。

追いかけてきた疲労も溜まり、音乃の思わぬ言葉に弥一郎は理性を失ってきている。

子供のころにあったあの出来事からも、弥一郎は気が短くすぐに逆上する性格と、音乃は知っている。

それを利用しようと、この策を考え出したのだ。その効果は、覿面《てきめん》に発揮されることになる。

「おのれ、人を愚弄しくさって」

顔がどす黒く変わってきている。

時も場所もはばからず、弥一郎は逆上する。

もう一押しと、音乃は駄目を押す。

「それを付け文と思って、あたしを追ってきたのですか。それはお気の毒さまでございましたねえ。いかにも、どこかのお馬鹿さんにそれを差し出したのはあたし。そしたら、何を勘違いしたのか、どこまでも尻を追っかけてくる。まったく、いやらしいったらありゃしない。そういうのを痴漢といって、男の屑《くず》がやること。奉行所に訴えてやる」

弥一郎の脳天をつんざきそうな言葉を、音乃はずらずらと並べた。

「おんのれー。言わせておけばぐだぐだと、おれを馬鹿とか屑呼ばわりしたな。もう勘弁ならん、そこに直れ」

とうとう弥一郎は大刀の柄に手をやり、鯉口を切ると間髪容《かんはつい》れず鞘から抜いた。

四ツの鐘が鳴って、四半刻ほどが経つ。世間の一日は、まだ動き出したばかりである。そんな日中《ひなか》に奉行所前で、いくらなんでも刀を抜く者など前代未聞である。

「おい、あんなところで何をしているのだ？」

瞬時、何が起きているか分からぬようだ。奉行所の門番二人が、目を疑った様子で見やっている。

「何をなさりますので？」

音乃は恐れ戦《おのの》くように、悲鳴ともつかない声を発し、弥一郎が闇雲に振ってくる刃を身を翻《ひるがえ》してかわしている。

この先は武家屋敷の塀がつづくところで、町人の姿はない。野次馬といえば、通りすがりの武士が三人ほど立ち止まって見ている。

太平の世となれば、武士《もののふ》の気概をもっている者は極めて少ない。刀を腰に差しているものの、誰も音乃を助けようとはしない。

「おい、奉行所であれを止めなくていいのか？」

武士の一人が、弥一郎の相手をするのでなく奉行所の門番に訴えた。

門前の騒ぎを聞きつけ、奉行所の中から役人たちが五人ほど飛び出してきた。

その中に、真之介の罷免を告げにきた目付である天野《あまの》又十郎《またじゅうろう》が交じっていた。すでに北町奉行の榊原に真之介の処分を言い渡して、帰るところであった。

「なんの騒ぎだ？」

傍《そば》に立つ役人に、天野が問うた。

「娘が若い侍に追われ、痴情のもつれかと……」

言われずとも、外の光景は天野の目に入る。音乃が、既《すんで》のところで弥一郎の刃を逃れている。

「娘が危ないというのに、なぜ止めようとせんのだ？」

「どうやら、無礼討ちのようでして」

相手が武士だということで、町奉行所は手が出せないのか。役人たちは、つっ立つだけだ。それこそ、即刻首にしてもよさそうな、役人ばかりであった。

「そんな、馬鹿なことがあるか。人が一人、斬り殺されようとしているのだぞ」

言うが早いか天野が飛び出すと、弥一郎の前に立ちはだかった。

「きさまも斬られたいのか？」

弥一郎は正気を失っていた。

「まさか、この男……？」

目は据わり、まるで阿片《あへん》に冒されたように異常をきたしている。口からだらしなく涎《よだれ》を垂らしているところなどは、まさに狂犬のようである。

相手が音乃から天野に代わり、弥一郎は力任せの一刀を放った。
力のない攻撃であった。
天野は、横に半歩動いて難なくかわすと、手刀で弥一郎の小手《こて》を打った。
あえなく刀が地面に落ちると、天野はその場で弥一郎をねじ伏せた。
「おのれ、俺が誰だか知っているのか？」
ここで初めて、天野は弥一郎の顔をまじまじと見た。
「おや、あなたはやはり……」
天野は、弥一郎の顔を以前に一度会って知っていた。あまりにも形相が変わってい
て、気づかなかったのである。
弥一郎のほうは、思い出せないようだ。
周囲は、奉行所の役人たちで囲まれている。野次馬は、役人たちに追い払われて周
りからいなくなっていた。
勘定奉行の倅がしでかした愚行である。これほどの醜聞は、幕府としても表沙汰に
したくない。
幸いにも、役人の中で弥一郎の顔を知る者はいないようだ。
「ここは拙者に任せて、引き上げてくださらんか」

目付から言われ、役人たちは奉行所の中へと入っていった。

音乃は傍に立って、弥一郎と天野のやり取りを見やっている。

「なぜにこんなところで、刀を抜くなど……？」

「この娘がいけねえ。俺を馬鹿にしやがって生意気にもほどがある。無礼討ちにしてどこが悪い？」

「ですが、昼日中にあって場所が場所ですぞ」

天野は、弥一郎を刺激しないようあえて柔軟な口調で応対をする。

「前にもそんなことがあって、たたっ斬ってやろうとしたんだが、くそっ」

いく分冷静になったか、弥一郎の抗いはなくなった。それと同時に、天野も弥一郎の体から手を離した。

「きさまは、いったい何者なんだ？」

弥一郎が問うた。

「拙者は、目付の天野又十郎と申す。以前会ったことがあるが、覚えておられんかな」

「えっ？」

目付と聞いて、音乃の顔が天野に向いた。

弥一郎の顔が、驚きで引きつっている。目付がどんな役割であるかは、弥一郎とてむろん心得ている。

全身から力が抜けたか、弥一郎は地べたにへたり込んだ。

「申しわけございませんでした。このことは父上には内密に……」

自分より、権力のある者にはへりくだる性格だ。弥一郎が土下座をして詫びた。

「こんなところで、武士が土下座なんかするのではない。さあ、立ち上がりなさい。話は奉行所の中で聞くことにしよう」

弥一郎に説いたあと、天野の顔が音乃に向いた。

「あなたはもしや……？」

「道中方である、奥田の娘で音乃と申します」

天野の問いに、音乃は腰を折って答えた。

「すると、十日ほど前にこの弥一郎に尾けられていたというのは……？」

そのときの経緯は天野の耳に、当然入っている。

「はい、わたくしでございます」

「そうすると、わざと弥一郎をここにおびき寄せて……」

天野の言葉に、すでに弥一郎の敬称はなくなっている。

「わたくしのために、定町廻り同心のお方が馘首されると聞きまして」

「それにしても、ずいぶんと大胆なことをなされましたな」

天野の顔に苦笑いともつかぬ、含む笑いが浮かんだ。

「証しを立てるには、もうこの手立てしかないかと思いまして、一か八《ばち》かの賭けでありました」

「なるほど。音乃どのは、相当な策士であるな。まるで、清国古代の武人である孫武のようだ。だが、すでに遅かったようだ」

「遅かったと申しますと？」

音乃の胸中に不安が広がる。

「すでに、北町奉行の榊原様には、その同心の馘首を申し渡してきたところだ」

「えっ？　すると……」

がっくりと、音乃の肩が落ちた。

「しかし……」

と言っただけで、天野の言葉は止まった。そして天野は、地べたにへたる弥一郎に目を向けた。

「こんなところで話もできまい。さあ、立って奉行所の中に入ろうぞ」

弥一郎を立ち上がらせると、天野は奉行所内へと連れていく。

「音乃どのも一緒にきてくださらんか」

「はい、もちろん」

音乃も奉行所内へと入っていく。

奉行所内に入ると、音乃は真之介の姿を探した。

そのとき真之介は、自分が同心を首になったことも知らずに、町の見廻りに出ていて奉行所にはいない。


外での騒ぎは、すでに町奉行の榊原に届いていた。

そしてすぐに榊原は、奉行所内に触れを出した。

『――この件に関しては、一切他言は無用。何事もなかったようにいたすこと』

と、役人たちの口に蓋をした。

添物書《そえものがき》同心の案内で、三人は榊原の御用部屋へと案内された。

触れが利いているか、役所内は、水を打ったように静まりかえっている。役人たちは、それぞれの役割に没頭している振りをしているようだ。

目付の天野が、榊原に向けて経緯を説いた。

「板谷弥一郎、拙者が申したことに相違ないな」

尋問するのは、旗本を統轄する目付の役目である。北町奉行榊原の前で、天野が問うた。

「はい」

蚊《か》の鳴くような声を発し、仕方なさそうに弥一郎が小さくうなずいた。これで真之介の件は、どちらに落ち度があるかは明白となった。

奉行の榊原と目付の天野は、互いに目配せをした。目付の天野が証人となれば、老中の沙汰を覆《くつがえ》すことができる。

板谷家の嫡男が引き起こした愚行を、闇に隠すことを条件に、榊原は老中に訴えることにした。

榊原の顔が音乃に向いた。

「音乃とやら、ずいぶんと賢き女子《おなご》であるな。おかげで、巽真之介を失わずにすみそうだ。奉行、このとおり礼を申すぞ」

失うという奉行の言葉に、音乃は役所内での真之介の重要ぶりが分かるような気がした。

奉行の礼とは、見分けがつかぬほど小さく頭を下げるだけのことだ。だが、音乃にしてみれば、それで充分であった。

「それでは音乃とやら、下がってよいぞ」

「はい。それでは……」

と言って、音乃が立ち上がる。

弥一郎にはまだ尋問があるらしい。天野もその場に残る。

音乃が部屋を去ろうとするうしろ姿を、弥一郎が怨念宿す形相で睨みつけている。音乃は背中にむずがゆさを感じるも、振り向くことなく奉行の御用部屋をあとにした。

「今ごろ真之介さまは……」

何も知らずに、町を見廻っているのだろう。

奉行所を出た音乃は、小さく独り言を言った。

四

真之介の馘首が覆《くつがえ》されたのを、音乃が知ったのはそれから三日後のことであった。

真之介が自ら奥田家を訪ね、音乃に告げたからだ。

「——よもや、見廻りに出ている最中に、奉行所を首になっているなんて知りませんでした。もっとも、近々沙汰が出るとは覚悟しておりましたが」

「それはようございました」

玄関の板間に座り、笑顔で音乃も答える。

「音乃どののおかげで、助かりました」

このときはまだ、音乃に対して真之介の言葉は丁重であった。旗本の娘ということで、へりくだっている。それが、音乃にとっては不服であった。

もっと、親しみやすい言葉をかけてもらいたいと、心に宿すが口にはできない。

「わたくしのおかげなどと……」

女心が先に立つ。音乃の声はいく分鼻にかかった。

「お奉行が、音乃どのの策略に感心しておられましたぞ。それと、弥一郎の刃をかわしていた身のこなしは、尋常な娘ではないと奉行所の同僚が言っていた。これほど、べっぴんだというのに」

「何を申されます」

「あまりにもお綺麗なんで、拙者ごとき男など相手にできないでしょうな。こうやって、面と向かって口が利けるだけでもありがたいことです」

音乃の心の中では、もじもじしているのを真之介は知らない。

――もう、このお方だとわたしは決めているのに。

そして、次の真之介の言葉で音乃の胸はさらに高鳴りを打った。

「拙者も男なら、このような美しいお方と世帯をもちたいものだが、とても無理でございましょうな」

「えっ？」

たちまち音乃の顔が、真っ赤に染まる。音乃の、純情な一面であった。

音乃の表情の変化に、真之介が気づいた。

「じょ、冗談ですよ。気になさらないでください」

音乃の赤面は、怒りからくるものと真之介は取った。機嫌を損《そこ》ねたかと気が巡る。

「それでは、拙者はこれで……」

早くこの場は立ち去ることが肝心と、真之介は一礼をしてうしろを向いた。

「あの……」

玄関の敷居を跨ごうとしたところで、音乃から呼び止められた。

「何か？」

「いえ、なんでもございません。お忙しいところ、わざわざおいでいただき、ありがとうございました」

深々とした音乃の礼があった。

真之介が世帯をもっていないのが、知れただけでも充分だ。

「分かってないのね、真之介さまは」

門から出ていく真之介のうしろ姿を見やりながら、音乃は独りごちた。

どんなに面相がよろしい男でも、まったく相手にしない女はいるものだ。

高家《こうけ》の御曹司で、整った顔で生まれついた板谷弥一郎には、音乃はまったく目もくれない。それどころか、虫唾《むしず》が走るほど嫌っている。

――男なら、気骨と優しさで勝負しろと言いたい。

真之介が分かってくれるまで待とうと、このとき音乃は思った。

「でも、ぐずぐずしていたら、真之介さまは誰かに取られてしまう」

こと真之介に関しては、余裕がまったくないところまで音乃の感情は高まっていた。

奥田家を出て、真之介は芝界隈を見廻ろうと南に足を向けた。

歩きながら、独りごちる。

「……それにしても、あれほどのべっぴんはこの江戸広しといえど、そうはいねえだろうな。とてもおれなんかが近寄れる相手じゃねえ」

真之介は、あきらめの境地であった。

親からは、そろそろ世帯をもてと急《せ》かされている。

それには、わけがあった。

父親である丈一郎は、名うての定町廻り同心として若いときから『奉行所の鬼』と異名を取り、鳴らしてきた男である。今は、臨時廻り同心として真之介たち町方を補佐する役目であった。その丈一郎も、そろそろ役目から離れ、後進に道を譲らねばならないところまできていた。

「――巽の家を磐石《ばんじゃく》なものにするため、早く嫁を娶れ」

両親からの突き上げが、このところ多くなっていた。

父の丈一郎も仕事に没頭するあまり、あまり家庭を省みない男であった。そのためか、子供の数には恵まれなかった。三十近くになって、ようやくできた子が真之介であった。しかし、丈一郎は真之介一人で満足した。

子供のころより正義感が強く、体も頑丈で、機転が利き、鍛えた剣術は南北の奉行所合わせても、腕前は一、二を競うほどに達している。そして何よりも、男として何ものにも臆さない、勇気を備えていた。

江戸の無頼どもからは『閻魔の使い』と異名を取るほど恐れられる存在であるも、

女にもてないと勝手に思い込んでいる真之介に、浮いた話など一つもない。

「あれほどの男だというのに、なぜに女が言い寄らないのだ？」

丈一郎が、妻である律に問うも、

「どうしてなんでしょうねえ。近ごろの娘は、男を見る目がないから。ちゃらちゃらした男だけが、もて囃される昨今ですし。あたしが真之介の母親でなかったら、真っ先にものにするんですがねえ」

と、真之介の母も同調する。

それほどの男を音乃は見込んだものの、真之介のほうはさっぱりである。そんな想いがすれ違いながら、三月《みつき》ほどが過ぎた。

年が改まり、文政五年になりたての睦月《むつき》は半ば。

二人を急接近させた出来事があった。

三拾間堀町二丁目にある、質屋『一六屋《いちろくや》』に二人組の押し込みが入ったのは、昼八ツの鐘が鳴ってから、四半刻ほど経ったころである。

白昼の、強盗事件であった。

銀座《ぎんざ》町と三拾間堀町に挟まれた表通りから、路地を少し入ったところにその質屋はあった。

賊は客を装って店に入ると、いきなり帳場に上がり込み懐から匕首《あいくち》を抜き、主《あるじ》に刃をつきつけて脅した。

「殺されたくなかったら、金をあるったけ出しな」

金を扱う商いだけにこの店の備えは厳重で、店先と帳場は棒格子で仕切られ、客は入れないようになっている。だが、そのときはたまたま、出入りの格子扉が開いていたのが、質屋にとっての迂闊《うかつ》であった。

「客に貸す金はあっても、おまえらにやる金はない」

気丈にも、主は賊の要求を拒んだ。三十半ばの硬骨漢で、脅しには屈しないという気概のもち主だった。

「出さねえと、腹のあたりを刺すぜ」

二人の賊に挟まれ、左右の脇腹に匕首の切っ先があたっている。

「わしを刺し殺したところで、一文《いちもん》にもならないぞ。押し込んだところを間違えたようだな。脅しなら、他所《ほか》に行ってやってくれ」

主は怯《ひる》まない。

「脅しじゃねえ。五つまで数えるうちに金を出しゃ、短刀《どす》は引っ込めてやるぜ」

傍《かたわ》らの男が、ゆっくりとした口調でひとーつ、ふたーつと数え出す。

「よーっつ……」

とまで数え、少し間が空く。その間に、主の気持ちを入れ替えさせようという肚である。

「早く、五つまで数えな」

あくまでも主は強気である。

「わしを殺したところで、おまえらは逃げられはしない。うしろの扉を見てみろ」

帳場と店を出入りする格子扉が閉まっている。

「おまえらは、ご丁寧に自分で閉めて帳場に入ってきた。一度閉めると、どうやろうがおまえらでは開けられなくなる仕掛けがしてある。自分らで、退路を絶ったということだ」

「母家から出ればいいだろ」

「引き戸が閉まっているだろ」

帳場と母家も、引き戸で仕切られている。

「あれも仕掛けがしてあって、このようなときの用心で内からは開かないようにしてある。おまえらは、どうあっても逃げられないってことだ」

言われたとおり、賊の一人が店の扉と母家の引き戸を開けてみた。しかし、主が言ったように力任せではビクともしない。

「どうだ。たとえ金をせしめたとしても、これでは外に出られんだろう。金かわしの命の、いずれを取ってもおまえらは捕まってしまう」

落ち着きのある主の言葉に、賊たちは怯《ひる》んだ。

「どうする、兄貴？」

「うーむ」

賊たちの、思案の間であった。まだ、五つまでは数えられていない。

「五つまで数える前に外に出たかったら、あの扉を開けてやるぞ」

「仕方ねえか」

賊はあきらめたか、主の言うことを聞くことにしたようだ。匕首を懐にある鞘に収めて言う。

「あの格子扉を開けてくれねえか」

「その前に、懐にある匕首をあの見世棚に置きな。土間に下りたら、それをもって帰れ」

扉を開けたと同時に、ブスリとやられるのを主は警戒した。

「そんなことはしねえよ」

と言いながら、賊たちが見世棚に匕首を置こうとしたときである。間《ま》の悪さというのは、存外にもこういうときに起きる。母家を仕切る引き戸が開いた。

「ちゃん……」

と言って帳場に入ってきたのは、六歳になったばかりの男児であった。外からは、容易に開けられる仕掛けである。

引き戸が開けっぱなしになっている。

賊たちに、逃げ口ができた。そうなれば、事情が変わってくる。しかも、うってつけの金蔓《かねづる》が目の前に現れたのだ。

見世棚に置こうとした匕首を、賊たちは再び鞘から抜いた。

「おい、三郎《さぶろう》。あの餓鬼を押さえろ」

兄貴分が、弟分に命じた。六歳といっても、生まれて丸四年ほどである。抗う術《すべ》もなく、幼い男児は三郎の手によってあえなく抱きかかえられた。

「金を出さねえと、餓鬼がどうなっても知らねえぜ」

兄貴分が、主の腹に刃をつけながら脅す。そこに、ガラリと音をたて、店の戸口の遣戸が開いた。

質草を受け取りに来た客であった。

「あるじ、道具箱を引き出しに……何してやがるんで？」

大工の半纏《はんてん》を着た職人風の男が、帳場で起きている光景を目にして絶句する。

「こいつはいけねえ……」

一声放つと、外へと飛び出して行った。

五

巽真之介はそのとき、銀座界隈を見廻っているところであった。

目抜き通りの西側が銀座町で、東側に三十間堀町が北から南に一から八丁目まである。

銀座町から通りを渡り、三十間堀町二丁目の路地に真之介が入ったところで、質屋の出入り口から飛び出したきた大工職人の、慌てる様子が目に止まった。

「親方、そんなに慌ててどうしたい？」

異変を感じて、真之介が職人を呼び止める。

「八丁堀の旦那……」

まだ二十三歳になったばかりの真之介であるが、世間からは旦那と呼ばれている。

職人は、町方同心の格好で歩く真之介を見てゴクリと生唾を呑んだ。そして、言う。

「この質屋におっ、押し込みが……」

「なんだって?」

聞くが早いか、真之介は一六屋と書かれた看板の下に立った。だが、中の様子が分からなければ、無闇と遣戸を開けられない。

「どうなってるい?」

職人を傍に寄せ、中の様子を訊いた。

「幼い子供と主に、匕首を向けてやしたぜ。それを見てあっしは……」

慌てて飛び出したので、あとの様子は分からないと職人は言った。

「……幼い子供か」

と呟くと、真之介の下がった目尻がキリリと上がった。

飛び込んでいってもよいが、相手を刺激すると主と子供の命が危ない。しかも、それが町方役人と知ったらどんな手段に出てくるか分からない。

観念してすぐに出てくればよいが、二人が人質に取られ、抗うことも考えられる。

九寸五分の刃をつきつけられていると職人は言った。となると、後者の公算が強い。

逆上して、一気にということも考えられる。

戸口の遣戸を少し開け、中の様子をまずは見やった。すると、賊と主のやりあう声が聞こえてきた。

「逃げるのなら、今のうちだぞ。すぐに役人がやってくる」

「うっ、うるせえ。そんなのは、分かってら。役人が来たら、てめえらの命はねえと思え」

真之介はさらに入りづらくなった。

匕首の刃は主の喉あたりに当てられ、危険極まりない。少しでも刃を引かれたら、喉口から血が噴き出すはずだ。そこには、太い血管が通っている。

いくら勇猛果敢な真之介でも、これでは慎重にならざるを得ない。

「捕まえるなら、一気にだ。だが……」

説得が効くような相手ではなさそうだ。それとこの質屋では、格子戸が主以外は開けられない仕掛けが施してあるのを真之介は知っている。踏み込んだとしても、手出しができない。それよりも、賊の一言で真之介は動きが取れなかった。

――役人が来たら、命がねえってか。

「……困ったもんだぜ」

呟くそこに、

「あら、真之介さまでは……」

背中から、女の声がかかった。振り向くと、裁縫道具が入ったと思《おぼ》しき風呂敷包みを抱えた音乃の姿があった。

針師匠の家は、すぐ北の一丁目にある。そこに向かう途中であった。

「音乃どのか。今、この店の中でな……」

音乃に向けて、あらましを簡単に語った。

「なんですって、昼日中の押し込みですか？」

「役人が来たら、人質を殺すと言っている。もっとも、踏み込んだとしても帳場の中には入れない」

相手が音乃なら、真之介はなんでも話せるような気がした。そして、役に立ってくれるとも。

「それは困ったことですね」

音乃も、質屋の中をそっとのぞき込んで言う。

真之介は、音乃が武芸をたしなんでいることを知っている。いつぞや、巾着切を捕まえた身のこなしを見れば、その腕前が分かる。そして、機転が利くことも。

「何かいい手立てがねえもんかな」

真之介が、音乃に語りかけた。

「でしたら、わたくしに考えがあります」

音乃が、真之介の目を見つめて言った。

「考えだって？」

「ええ、耳を貸してください」

真之介の耳に、音乃が小さな口をあてた。その息づかいが、真之介の耳にはっきりと聞こえる。

音乃の色香を感じるも、不埒な考えを抱いている場合ではない。音乃が語る計略に真之介が乗った。

「二人で力を合わせれば、きっとうまくいきます」

音乃の案に、真之介は賛同して大きくうなずく。

「親方は、客が来たら入らねえように外で止めといてくれねえか」

「よし、任せといてくだせえ」

真之介は、大工職人の返事を聞くと裏の母家へと回った。

一刻の猶予もない。

賊のほうは、もう切羽詰《せっぱつま》って何をするか分からない状況にまできている。常軌を逸し、最悪の結果を引き起こすことも考えられる。

「どうやら役人は来ねえようだな。餓鬼と引きかえに、早く金を出さねえか」

「いや、絶対に渡さん。ならば、親子ともども殺せ」

主は、賊の要求を頑《かたく》なに拒む。命あってのものだねという言葉は、この主にはないようだ。脅されて、簡単に金を渡すからこのような輩《やから》がはびこるのだという考えが、この主にはあった。

「しょうがねえ、早えとこ殺《や》っちまって金を奪いずらかろうぜ」

兄貴分が言ったそこに、戸口の遣戸を開けて入ってきたのは音乃であった。

「ごめんください」

賊と主の顔が、音乃に向いた。匕首を引っ込める間はない。

「客か？　今はそれどころではねえ、出てけ」

賊の一人が、大声で怒鳴った。

主と子供に、匕首の刃が当たっている。刺激をさせないよう、音乃は慎重になりながらも大胆に言う。

「あら、何かお取り込み中で……」

「ああ、そうだ。見りゃあ、分かるだろ。とっとと、帰《けえ》りな」

「ご主人、早くお金を渡して差し上げたらいかが。そうすれば、この人たちすぐに出ていくでしょう。そうでないと、お子の命がなくなります」

音乃が、主に説得をする。

「ありがたいことを言ってくれるぜ。どうやらこのべっぴん、俺たちの味方のようだぜ」

「そう、あたしはあんたらの味方だから、安心して」

これで賊は、音乃を追い払おうとはしなくなった。

「おまえさんたち、そんなもので脅したって、このご主人は言うことを聞きませんよ。実はね、あたしもお金が欲しくてここに来たの」

と言って、音乃は背中の帯に差してある小刀《しょうとう》を抜いて見せた。真之介の脇差《わきざし》を借りたものだ。

「するってえと、姐さんも同業かい？」

賊たちが、驚く顔を向けている。

「こういう格好をしているけど、そうよ、武家のお嬢さんがと驚いたかい？」

「ああ、驚いたぜ」

「お金が欲しかったら、そんな小さいもので脅したって駄目よ」

九寸五分の匕首よりも、刃渡り一尺五寸の脇差のほうが遥かに脅すのに威圧がある
と、音乃は説いた。

「あたしにも、手伝わせてくれないかしら。獲物は山分けということで」

冷静に考えれば罠だというのが分かるだろうが、相手は興奮状態にある。美しさに惹かれることもあって、音乃の話を聞いた。

「ありがてえけど、そいつはできねえ」

「なんで？」

「なんでって、いいから引っ込んでてくんな」

「そんな、つれないこと言わないで。あたしも、今日中にまとまったお金が欲しいの。もう、押し込みをして脅し取るしかないと思ってここに来たんだけど、先客がいたなんて。この質屋は、けっこう儲かってるって話よ。あんたらも、それを狙って……」

音乃の長い台詞《せりふ》を、兄貴分が止める。

「そんな綺麗な顔をして、よくもそんなことを言えるな。しかも、格好は武家の娘じゃねえか」

「こういう姿なら、ご主人も油断するでしょ。誰が昼日中押し込みに入るのに、黒装束で来るっての？　そんな盗人、世の中にいるわけないでしょ。あんたらだって、町人の姿じゃないの」

音乃の、一つ一つの言葉が長い。

――遅いな、真之介さま。

もうそろそろ来てもよいだろうと思ったところで、真之介の姿を認めた。

母家に回った真之介は、質屋の内儀に店で起きていることを話した。

「――今、店の中でお子とご主人が人質に取られている。母家から店のほうに行きてえんだが、家の中を案内してくれ」

真之介の話に内儀の顔は蒼白となった。

「心配するな、お子とご主人は必ず助け出す。だから、大声を出したり、騒がねえでくんな」

毅然とした真之介の態度に安心したか、内儀は小さくうなずき、真之介を家の中へと導いた。

「こちらで、ございます」

内儀が先に立って、案内する。繁盛しているか、部屋もたくさんあり大きな造りの家であった。

店のほうから音乃の声が聞こえてくる。

「……あんたらだって、町人の姿じゃないの」

真之介が店の中をのぞくと、音乃が賊の気を引いている。

音乃が、真之介に気づいたようだ。

もっと賊の気を引きつけろと、合図を送る。

「この格子扉、開かないわね」

「入ってくるんじゃねえ」

兄貴分が、怒鳴り声を上げた。

「分かった、ごめんなさい」

刺激はまずいと音乃は、見世棚から中をのぞいた。荷物の受け渡しがあるので、そこだけ格子は嵌《はま》っていない。

「匕首よりも、この脇差のほうがよく斬れるし、よかったら使えば。貸してあげる。ただし、お金が入ったらいくらか分け前をくださいね」

言って音乃は、脇差を見世棚の上に置いた。それを取りに来るかどうかが、勝負の分かれ道であった。

背後にいる真之介には、まるっきり気づいていない。

もう少しとばかり、音乃はさらに賊の気を引きつける行為に出た。

「ねえ、これを使って」

脇差を握り、目一杯手を差し出す。袖がめくれ、二の腕まで露《あらわ》になった。真っ白な音乃の腕が妙に艶《なまめ》かしい。しかも、町では評判の高い美人の腕《かいな》である。胸元も、ちょっぴり開いて見せる。若い男たちにとっては、堪らない刺激であった。

賊たちの意識は、完全に音乃一人に向いた。

ゴクリと、生唾の呑む音が鳴った。

「あたしに、恥ずかしい格好はさせないで、早くー」

声も艶かしくして、音乃が言う。

兄貴分が、匕首の刃を鞘に収めた。そして、音乃が差し出す脇差に手をかけようとして近づく。だが、音乃は既《すんで》で脇差を引っ込めた。

「なんで、引っ込めるんだ？」

兄貴分が言ったと同時であった。

うしろでゴツンと、何かを叩く音がした。

何があったと兄貴分が振り向くと、弟分の三郎が前のめりになって倒れている。そのうしろに、仁王立ちする真之介の姿があった。普段の柔和な顔ではない、すでに鬼の形相だ。

「誰だてめえは？」

「見て分からねえか。おれは閻魔の使ぃよ。子供を盾にして金を盗もうなんてふてえ野郎は、許しちゃおけねえ」

真之介の啖呵《たんか》に、音乃がうっとりする。

つつつっと足を繰り出し間合いに入ると、真之介は十手の心棒で思いきり兄貴分の肩をぶっ叩いた。

ううーっと呻き声を上げて、兄貴分も床に突っ伏す。

兄貴分の手には得物がない、その隙をついた瞬時の出来事であった。

六

その夜、父親の義兵衛が三月《み》ぶりに中山道宿場の見廻りから戻った。

義兵衛の労いの相手をするのは、音乃の役目である。美しい娘から酒の酌をされるのが、義兵衛の無上の楽しみであった。

「音乃から酒を注がれると、本当に疲れが癒される」

ほろ酔い気分で、義兵衛が言った。音乃の話も、酒の友である。

「ところで、真之介どのの一件はどうなった？　ずっと気になっていたのだが」

義兵衛が問うて、三月前の話となった。

杯《さかずき》を傾けながら、義兵衛は音乃の語りを聞いた。

「さようか。音乃の策が効を奏したというのだな。罷免されずに本当によかった」

ほっとしたか、義兵衛は注がれた酒を一気に呷《あお》った。

「その後、真之介どのとは……」

「そのことですが、父上。きょうですね……」

空《から》になった義兵衛の杯に、酒を注ぎながら音乃は口にする。

「何かあったか？」

「三十間堀の一六屋という質屋さんで……」

昼間にあった出来事を、音乃は語った。

「ほう、真之介どのと力を合わせて賊を取り押さえたか。それは、手柄だったな」

「お褒めいただき、ありがとうございます」

音乃の顔が、すこし赤みを帯びて上気《じょうき》している。

「音乃は、真之介どののことを語るときは声が上ずるな」

「まあ、父上……」

もじもじとする音乃の仕草を、義兵衛は苦《にが》笑った。

「どうだ、音乃。もう、観念したらどうだ？」

「観念とは、どういう意味でございましょう？」

「真之介殿と、一緒になればどうだってことだ」

「………」

口を開いて、音乃は絶句する。

「どうした、その惚《ほう》けた顔は？　美人が台無しだぞ」

それでも音乃は言葉が返せない。これほど父親からあからさまに言われたことは、なかったからだ。

「先ほど登代にも話したが、手放しで喜んでおったぞ」

登代は今、熱燗と酒の肴を作るため勝手にいる。

音乃が手伝おうと言うも、父上の相手をしろと、下女を使わず、一人で賄《まかない》をしている。それが、義兵衛が家にいるときの、慣わしであった。

「わしは、明後日《あさって》まで江戸にいる。その後は、日光道《にっこうどう》に赴《おもむ》くことになっていて、四月になるまで戻らんからな」

言いながら、義兵衛が考える素振りとなった。

「ならば、あすにしよう」

いきなり義兵衛の口を吐く。

「何が、あすなのでございましょう？」

「思い立ったが、吉日《きちじつ》ということだ。あす、八丁堀に行くぞ」

「八丁堀とは……？」

「巽の家に行くのだ」

「なんと申されました？」

思いもかけない義兵衛の言葉に、音乃の仰天の顔となった。

そのころ八町堀の巽家でも、同じような話が進められていた。

父子が向かい合って、杯を交わしている。

「きょうも手柄を立てたんだってな」

昼間の事件は奉行所内で、巽丈一郎も聞きおよんでいた。

「まあ、大した連中じゃなくて……」

「子供を人質に取ったのだろう。まかり間違えれば、大変なことになっていたぞ」

「主と子供の喉元に、匕首を突きつけられているのを見たときには慌てましたけど、音乃どのが来てくれて……」

「そうだってな。二人が手を携えて、賊を取り押さえたってことは、奉行所内でも噂になっておったぞ」

「そうですか。たかだか、賊の二人を捕まえたくらいで……」

「たかだかなんぞと言っておると、同僚から嫌われるぞ」

「父上の前だけですから、お許しください」

「おまえのことは誰もが認めているのだから、もっと謙虚になることが肝心だ。育つにつれ、稲穂は頭を下げるというからな」

武勇の誉は高いが、ときどきそんな口が出るのが真之介の欠点だと、丈一郎は酒を酌み交わしながらたしなめた。だがそれも、若いからこそのことだろうと、さして気にはしていない。

「お言葉、肝《きも》に銘じておきます」

「噂になっているのはおまえではなく、音乃どのだ。いつぞや、板谷弥一郎のことで奉行所に入ってきたらしいが、それからはもう独り身の同心たちの憧れの的だ。その音乃どのが手柄を立てたのだから、それは騒ぎになろうて。独り者の与力がおってな、音乃どのとの交際を真面目に考えているそうだ」

「そうですか」

眉毛一つ動かさず、真之介は答えた。話には、まったく動じていない。

「まあよい。ところで訊くが……」

「はあ」

「真之介は、音乃どののことをどう思っておるのだ？」

「どう思ってるとおっしゃられましても、ずいぶんと綺麗なお方だとしか……」

「ただそれだけで、何も思っておらんのか？」

「思うも思わないも、どうにもならんでしょう。それはまあ、あんな綺麗な女《ひと》と一緒になれればいいなあくらいのことは思っておりますけど……」

「そのような気があるのだな？」

「あったとしても、どうなります。とても私となんか、釣り合いが取れんでしょう。しかも、相手とは身分が違う。三百五十石取りの旗本とこっちはたかだか三十表二人扶ちのしがない御家人。家柄だって月と鼈《すっぽん》、提灯に釣鐘って……」

自虐的な真之介のもの言いであった。そこに、

「何をおっしゃいますか、真之介は！」

いきり立ったまま部屋に入ってきたのは母親の律であった。お盆に載った銚子三本が、今にもひっくり返らんばかりの剣幕である。

「真之介とあろう者が、嘆かわしい。そんな愚痴を言うなんて、ずいぶんと軟弱な男になったものです」

お盆を畳に置き、袂で目尻を拭う。

「あたしは音乃さま……いえ、音乃さんというお方にお会いしたことはありませんが、話は聞いています。もの凄いべっぴんさんで、頭がよろしく機転が利くと。それと、何かと真之介とはご縁があるそうで、この日も相睦まじく事件を解決したとのこと。これこそ合縁《あいえん》奇縁《きえん》と申さずして、何が縁結びですか」

夫の丈一郎を差し置いて、律が捲くし立てた。

「男は、中身以外何ものでもありません」

厳として言い放ち、律は締めくくった。

銚子を父子の間において、律が部屋を去っていく。

「熱燗が来たぞ。まあ、呑め」

銚子の取っ手をもち、丈一郎が真之介の杯に酌をした。

返杯をして、二人同時に杯を空けた。

「いやに熱い酒ですな、父上」

「ああ。どうやらおまえよりもわしら夫婦のほうが、音乃どのに熱くなっているようだ」

その夜、巽家の晩酌は、夜遅くまでつづいた。

奥田義兵衛が、一人で巽家を訪れたのは、翌日の正午ごろであった。

音乃を置いてきたのは、自ら巽家の様子を見ておきたいためでもあった。

――いずれ、親類になるのだ。

身分を超越しての訪問であった。

旗本の急な来訪に、律が驚き恐縮をする。

「あっ、生憎《あいにく》主人は留守でございまして」

「さようと思いましたが、一刻も早くと気が急《せ》いてしまい、伺いを立てずに来てしまいました」

娘が嫁ぐ家かもしれない。義兵衛の言葉は終始丁寧なもの言いであった。

義兵衛の来訪の意図が分からず、板間に拝しながらも首を傾げている。

「折り入って、お話ししたいことがありましての……それにしても、迂闊《うかつ》だった。また、改めてまいりましょう。それで、ご主人はいつごろお戻りで？」

「臨時廻りですので、いつもばらばらでございます。早ければ、夕五ツには戻ってまいりますが……来ていただくとは、恐れ多いです。こちらからお伺いするよう申し伝えます」

さらに深々と、律は拝した。

「いや、それにはおよびません。こちらからの願いごとでもあるし。また、そのころ出直してまいりましょうぞ」

「申しわけございません」

律の詫びを聞いて、義兵衛は外へと出た。

「こうしては、いられません……」

義兵衛がいなくなり、律の慌てふためく姿があった。

それからというもの律は、番所に出向いては奉行所への託《ことづ》けを頼んだり、銀座町の料亭に赴いては料理の仕出しを頼んだりと奔走する。

そして、夕刻。

「本来ならば、こちらから出向きますのが……」

丈一郎が、御家人と旗本の身分の違いを気にしてか、義兵衛を前にしてへりくだった。

「いや、巽殿。お気遣いは無用でござる。こちらこそ、たっての願いがあって伺った次第ですから」

この席にいるのは、奥田義兵衛とその娘音乃。向かい合って座るのが、巽丈一郎とその妻である律。真之介は、報せが届かずまだ戻っていない。

「たっての、お願いごとと申されますのは？」

丈一郎が問うものの、来訪の趣旨は勝手読みしている。別間に、酒宴の席を用意してあるくらいだ。

だが、相手の口からはっきりと聞くまでは、迂闊に喜びを顔に表すことはできない。

丈一郎と律の表情は、不安含みの真顔であった。

「真之介どのがいないところで申すのもなんですが……」

「倅に、願いごとですか？」

「さよう……」

「早く戻るように、奉行所には残してあるのですが」

「とおっしゃいますと、身共が伺いました用件を存じておられるので？」

昼間来たときは、真之介とは触れていない。ご主人に話があるとだけ言って帰ったはずである。

「まあ、なんとなくですが……」

丈一郎のほうからは、身分の違いもあって倅の縁談かとは訊けない。

義兵衛のほうには、よもやこの縁談が断られるのではないかと、一抹の不安がある。

二人とも煮えきらぬまま互いが口に出せず、しばし沈黙が支配した。

「父上……」

早く用件を切り出せと、音乃が義兵衛の羽織の袖を引く。

「あなた……」

相手が用件を切り出さないならこちらから話せとばかり、律が丈一郎の脇腹をつっついた。

「実は……」

「ところで……」

義兵衛と丈一郎の言葉が、奇《く》しくも重なった。

その後は別間《ま》で、真之介抜きの酒宴がはじまった。

主に、義兵衛と丈一郎が差し向かいで酒のやり取りをし、律と音乃は勝手で燗の用意に余念がない。

「身共が日光道から江戸に戻るのは、四月の二十日ごろでござってな」

「お勤めご苦労さまにござりまする」

「そんな堅苦しいもの言いは、ここでは抜きにしましょうぞ。これからは、親戚になるのですからな」

「はっ。かしこまりました」

丈一郎がへりくだるも、話は婚礼の段取りにまで至った。

「それで、婚礼の日取りなのですが、四月の二十日過ぎがありがたいかと」

「手前どもでは、いつでもよろしいかと」

「ならば、二十二日でいかがでしょうかな。その日の六曜は大安《たいあん》ではありませんが先勝《さきがち》と出てますから、婚礼は昼前ということで……」

日取りまで調べて来たのかと、義兵衛の用意のよさに丈一郎が感心をする。

「異存はございません」

義兵衛の提案に、丈一郎が大きくうなずいた。

両家の父親の決めたことに、子は逆らえない。当人のいないところで、話が決められた。

ここにめでたく、真之介抜きで両家の縁談が調《ととの》ったのである。

それから三月後の、文政五年四月二十二日、晴れて巽真之介と音乃の婚礼が厳《おごそ》かに執り行われた。

それから二年の間は、安穏とした生活であったのだが――。

第三章　悪党の巣窟

一

音乃を嫁にしたことにより、真之介は同僚から羨望の的《まと》となった。八丁堀組屋敷のご近所からも、音乃の評判は絶賛を極め、丈一郎と律の鼻は高々であった。ただ一つだけ不満があるとすれば、二人の間に子が授からないことであろうか。だが、義理の両親は寛大であった。

婚礼の日から、二年ほどが過ぎた如月も半ばの朝。

真之介配下の岡っ引き長八が、慌てた様子で事件の報せをもたらせるまでは、ごく普通の内儀として、音乃は仕合せに浸る毎日を送っていた。

「――浜町堀の大川の吐き出しあたりで娘の骸《むくろ》があがったそうで」

長八のこの報せが、巽家の生活を一変させる幕開けであった。

「殺しかい？」

そんなやり取りが真之介と長八の間であった。この朝も体に変調をきたしていた真之介だが、すぐにいつもの溌剌《はつらつ》さを取り戻すと、すわとばかりに飛び出していった。

――わたしが嫁に来てから真之介さまが携わった中で、一番大きな事件になるような予感がする。

そんな思いを抱いて、音乃は夫のうしろ姿を見送った。

「何かあったのか？」

すでに臨時廻り同心から身を引いている丈一郎が、音乃に訊いた。

「長八親分の話では、浜町堀の吐き出しで娘さんの亡骸《なきがら》が見つかったそうで」

「ほう。それで、朝めしも摂らず飛び出していったのか。相変わらず、仕事の虫だな」

そんな倅を、丈一郎は誇りに思っている。うなずきながらの口調は、満足しているように取れた。

このとき音乃は、真之介の体に幾ばくかの不安を感じていた。だが、それを表情に隠し、丈一郎に向けて笑みを返した。

この日音乃は、三十間堀町の針師匠から頼まれ、代わりに裁縫を教えることになっていた。

「お針の稽古に行ってまいります」

昼四ツを過ぎて、義母の律に了解を取った。

「お裁縫を教えるのも大変でしょ？」

「いいえ。若い娘さんたちと、いろいろおしゃべりして、楽しいものです。そうだ、一度お義母《かあ》さまもいらしたらいかがです。若返りにはもってこいですわ」

このとき音乃は二十二歳。若い娘と言われたのが、懐かしく思われる齢となっていた。

「そうねえ、若返るのでしたら、そのうちに顔を出そうかしら」

音乃の話に、律も乗り気になる。

義理の母娘の睦まじさには、丈一郎と真之介は、いつもほっと安堵の胸を撫で下ろしていた。

「ぜひ、いらしてください。それでは……」

行ってまいりますと、音乃は家を出る。

「こんにちは。よいお天気で……」

組屋敷の道で、近所の顔見知りと出会っては挨拶を交わす。

「お出かけですか。行ってらっしゃい」

相互が、にこやかな応対であった。

嫁いで来たときは、音乃の美貌は近所でも評判が立ったが、今ではそれも落ち着きをみせ、日常のつき合いもそつなくこなしていた。

役宅からおよそ八町離れた針師匠の家に着くと、音乃は弟子たちの様子がおかしいことに気づいた。

すでに針修業の娘たちが、五人ほど集まっている。

音乃が来てから、裁縫の稽古がはじまる。それまでは、普段なら娘たちのおしゃべりで家の中は喧騒としているのだが、この日に限ってはお通夜のような静けさであった。

「どうかしたの？」

誰にともなく、音乃は声をかけた。

「お富《とみ》ちゃんが……」

と一人が言って絶句する。それに合わせて、全員がおいおいと泣きはじめた。

「お富ちゃんて、三枡屋《みますや》さんの？」

音乃の問いに、そろってうなずく。

「お富ちゃんがどうしたというの？　お仙《せん》ちゃん、話してくれる」

娘たちの中でも、いつも話の中心にいるお仙に音乃は声をかけた。今しがたも、お富の名を出したのはお仙であった。この中では一番の年長で、十九歳になる活発な娘である。

「お富ちゃん、三日前ごろから行方知れずになって、そしたら……」

と言ったところで、お仙はまたも絶句し言葉が止まった。

「三日前から行方知れずでしたって……知らなかった」

音乃が、お針の稽古に出向くのは十日ぶりであった。

「そしたら……」

目に涙を溜め、声をしゃくりあげながら、お仙が話しはじめる。

「今朝方、殺されていたのが見つかったのですって」

「なんですって⁉」

にわかには信じられないと、音乃の驚愕の声音であった。

「……あっ」

音乃に気づくことがあった。

岡っ引きの長八が、朝に来て言っていた。

――浜町堀の大川の吐き出しあたりでって、もしや？

真之介が飛び出して行ったのは、お富のことではないかと音乃の勘が巡った。

お仙に訊いてたしかめる。

「もしや、浜町堀で……？」

「音乃さん、どうしてそれを？」

知っているのかと訝《いぶか》しがって、お仙が訊いた。

「うちの旦那は、八丁堀よ」

「あっ、そうでした。ごめんなさい」

「別に、謝ることではないけど。お仙ちゃんもそうだけど、みんな気を強くもってね」

真之介の役に立つのではないかと、音乃はお針の教え子から情報を聞き出すことにした。しばらく、お針の稽古のほうはおろそかになるだろうが、それはあとで師匠に謝ろうと決めていた。

「この中で、一番お富ちゃんと仲のよかった子って誰？」

「お春《はる》ちゃんかしら……」

お仙が、一人の娘に目を向けて言った。お春と呼ばれた娘が、小さくうなずく。やはり、一際《ひときわ》落ち込んでいるように音乃には見えた。

「ご近所で、幼いときからのお友だちだったのよね」

お仙の問いに、お春は「うん」と言って小さくうなずく。まだ自分の口から話すには、心の整理がついていないようだ。

お富は、南八丁堀にある油問屋の元締めである『三枡屋』の次女で十六歳になる。花嫁修業のたしなみの一つとして、半年ほど前から裁縫の稽古で通っていた。見るからに、大店《おおだな》のお嬢さんといった容貌であった。ぽっちゃりとした丸顔で、桃色地で花柄小紋の振袖が似合う娘であった。むろん、性格もおっとりしていて、他人《ひと》から怨まれることは一切《いっさい》なさそうな娘である。

音乃が、お富について知っているのは、たったこれだけである。だが、見ず知らずの娘ではない。同じ屋根の下で、裁縫を教え学ぶ仲である。その娘が殺されたことに、音乃は心が痛むほどの衝撃を感じていた。

お富とお春は幼馴染であった。幼いころより、おはじきやお手玉で遊んでいたという。

お春は、三枡屋の隣に軒を並べる酒問屋の娘であった。

「このごろお富ちゃんの様子に、変なことなかった？」

「ううん」

顔を下に向け、お春は首を横に振った。

「お春ちゃん、悲しいだろうけどお富ちゃんのためにもしっかりして」

がっくりと肩を下げるお春を、音乃は励ました。

「はい、分かりました」

ようやく、お春の顔が上を向いた。

「もう一度訊くけど、お富ちゃん、このごろおかしいところなかった？」

「ううん、別に……」

蚊の泣くような、か細い答であった。

「おかしなところはなかったよねえ、みんな」

お仙が、ほかの娘たちにたしかめた。

「四日前にここに来たけど、変なところはなんにもなかったよね」

娘たちは、みな同意見であった。ただ、ここにいるのは、みな四日ごとに通う娘たちばかりである。この三日の間、お富のことに関してはまったく知らないということであった。

「お春ちゃんに訊くけど、お富ちゃんの行方知れずのことはぜんぜん知らなかったの？」

「はい。三枡屋さんの様子におかしなことはなかったし、お富ちゃんを訪ねることもなかったもので……」

気持ちが落ち着いてきたか、お春の口がようやく動いた。

「近所の人たちも、今朝それを知って驚いていたくらいです」

お春の話では、近所にあってもまったく気づかなかったというのだ。

「三枡屋さんは、お富ちゃんの失踪を黙っていたのかしら？」

「はい。お父っつぁんも知らなかったと……」

「なるほど」

もし、行方知れずの届けを出していたとすれば、真之介の動きがもっと慌しかったはずだ。それが、この三日はいつもと同じような仕事のこなし方であった。

娘の失踪を表沙汰にしなかった、三枡屋の心根《こころね》が分からない。それが音乃の脳裏にこびりついた。

娘たちが知っていることは、そこまでであった。

音乃はお針の稽古に、娘たちの気持ちを戻した。

「さあ、みんな。気をもち直してお稽古に励みましょ」

この日教えるのは、襟のつけ方であった。

半刻ほどするも、みな稽古に気持ちが乗らないようだ。

「糸あとが滅茶苦茶ね。これじゃ、やり直し」

どれをとっても不合格。心ここにあらずだから仕方ないかと、音乃はあきらめることにした。

ほどなくして針師匠が戻ってきた。

「きょうは、お稽古になりませんで……」

「お富ちゃんのことね？」

「はい。お師匠さんはご存じでしたので？」

「ええ、行き先で耳にしたわ。とんでもないことが起きたのね。お富ちゃん、かわいそうに……」

言って師匠が、袂を目尻にあてた。

「きょうのお稽古は、このくらいにしましょうかしら。なんだか、みんな酷い縫い方」

これ以上つづけても仕方ないと、師匠がこの日の針稽古をやめようと言った。

「次も同じところをやりますから、今度はきちんと縫ってくださいね」

音乃が告げて、その日の稽古はやめとなった。

稽古場を出るとき、お仙とお春が音乃に向けて頭を下げる。

「お富ちゃんを殺した下手人《げしゅにん》を絶対に捕まえるよう、旦那さまにお願いしてくださ い」

「もちろんよ。うちの旦那さまは、奉行所一番の町方同心です。きっと捕まえるから、心配しないで」

裁縫の弟子たちは、お富と同じ年ごろの娘がほとんどである。音乃も、そのころから手習いに通いはじめていた。下手人が第二、第三の犯行を繰り返すことも考えられる。お針の稽古は当分の間、遅くても夕七ツまでとすることにした。

弟子たちを帰し、針師匠と四半刻ほど話をしたあと音乃は家には戻らず、牛草橋《うしくさばし》で三十間堀を渡り新堀川沿いを東に向いて歩いた。そこは南八丁堀町の町屋で、川に沿って一丁目から五丁目まである。

川の対岸は八丁堀で、音乃たちが住む役宅があるところだ。

二

お富の家は、中ノ橋《なかのはし》に近い三丁目にあった。

油問屋『三枡屋』と書かれた看板を見つけ、音乃はその前に立った。仄《ほの》かに菜種《なたね》油《あぶら》の香りが漂ってくる。

油問屋仲間の組合長の店構えだけあって、大店の風格が造りからも感じられた。

大戸が閉まり店の中の様子はうかがえないが、それがこの家で何があったかを物語っている。

「ここね……」

店の前に、立ち止まっている人の姿はない。

通りすがりの人たちが、三枡屋の変事を知っているのか、眉を顰《ひそ》めながら行き交う。

「この家のお嬢さんが、殺されたのですって」

そんな話し声が、音乃の耳にも入った。

「音乃さん……」

背後で、娘の声がかかった。振り向くと、裁縫の弟子であるお仙であった。

「お仙ちゃん……」

「あたしの家は、この並びの三軒向こうの酒問屋」

お仙が、軒下に垂れた看板を指差して言った。看板には『灘《なだ》銘酒取扱　上泉屋《じょうせんや》』と書かれてある。

三枡屋と上泉屋に挟まれて、畳問屋と紙問屋があった。運河に沿っているので舟《しゅう》運《うん》の利便から、下《くだ》り物と呼ばれる上方《かみがた》からの品物を扱う問屋が軒を並べるところだ。とくに、大川に近い湊《みなと》町と呼ばれるところには、酒問屋が集中してあった。

「お富ちゃん、かわいそう」

お仙が、大きな目から今にも溢れ出んばかりの涙を溜めながら言った。

「これを、使いなさいな」

音乃が手巾《しゅきん》を袂から取り出し、お仙に渡した。お仙がこぼれ出る涙を拭くその姿に、もらい泣きか音乃の目にも涙が溜まった。手巾を貸してあるので、音乃は袂で涙を拭う。

「真之介さま、必ず下手人を捕まえて」

呟くような、音乃の小声であった。

「お富ちゃんは、きっと誰かに拐《かどわか》されて殺されたのね。お仙ちゃんも気をつけて……」

音乃が、お仙に向けて言う。

「はい、気をつけます」

お仙が小さくうなずいたところであった。

新堀川を、十人ほどが乗った川舟が上《のぼ》って来た。

二ノ橋《にのはし》を潜《くぐ》ったところの桟橋に、舟が着けられる。

音乃の目は、そちらに向けられた。舟に乗っているのは、捕り手役人たちであった。中に、黒の羽織を纏《まと》った大柄の町方役人の姿も交じっている。音乃はそれが誰か一目で分かった。

護岸がされた土手を、役人たちが上ってくる。真之介のうしろには、岡っ引きの長八の姿もあった。

「真之介さま……」

堤に上がった真之介に、音乃が声をかけた。

「音乃か……なんでここに？」

一瞬驚く顔を見せたが、真之介は表情をすぐに元へと戻した。その面相に、音乃は小首を傾げた。

いつもの人懐こそうな面影は消え、目が吊り上がっている。

お富が殺されたこと自体ただごとでないにしても、それにも増して深い事情があるのを、真之介の表情から音乃は感じ取った。

「お富ちゃんは、お裁縫のお弟子なの」

「そうだったか」

音乃の話を聞いても、真之介の表情は変わらず鬼の形相である。これから家人と会うのだろうが、慰めるのならば穏やかな顔のほうが得策である。それがまったく逆の、かなり気難しい表情である。

うしろにいる長八の表情にも、ただならぬ気配を感じる。

「音乃は、家に戻っていてくれ。あとで話がある」

真之介は言うと、役人たちを引き連れて三枡屋に入っていった。

すれ違いざま、長八が難しそうな顔を音乃に向けて小さく頭を下げた。

その長八に向けて、音乃が問う。

「お富ちゃんは、家に戻っているのかしら？」

声を立てず、長八は小さく首を横に振った。そして、そそくさとした足取りで真之介のあとを追った。

調べが済めば、遺体は家に戻してもよいはずである。だが、そうではないらしい。音乃の胸中に、言い知れぬ不安がにわかに湧き上がった。


その夕真之介は、まだ明るいうちに役宅へと戻ってきた。

たまに早帰りもあるのだが、大抵は食事や着替えなどで家に用事があるときだ。いつもなら、それを済ませたあと、再び市中へと飛び出していく。

大きな事件があった日だ。家でのんびりしていられる場合ではなかろうと、音乃はそのつもりで真之介の帰りを迎えた。

大小二本を預かり、刀架にかけながら音乃が問う。

「食事をなされたら、またお出かけですか？」

「いや、きょうは家にいる。急ぎ、風呂を沸かしてくれ」

「えっ？」

役宅には内風呂がある。風呂に入るということは、真之介の場合そのあと家でくつろぐことを意味する。普段ならば、どうせ汚れるのだからと、汗臭いまま出かけるのが常であった。

音乃が訝しげな声を発したのは、普段とは異なる真之介のもの言いだったからだ。

——体の具合でも悪いのかしら。

今朝も、変調をきたした。それと関わりがあるのではないかと、音乃の心に不安がよぎる。

「どうかしたのか？」

一瞬の、音乃の顔つきの変化を、真之介は見逃さない。

「お体の具合でもお悪いのかと……」

「こんなに早く帰って、いきなり風呂ではたしかに心配するよな。体はなんともないから案ずるな」

顔に笑みを含ませて真之介が言う。それが作り笑いのように音乃には感じられ、更なる憂いをもった。

——取り越し苦労ならいいのだけど。

「実は、早く帰ってきたのは音乃とゆっくり話がしたかったからだ。ここのところ、あまり話をしてなかったからな」

「話って、お富ちゃんのことですか？」

お富の家の前で、話があると言っていた。それが音乃の中で、ずっと気にかかっている。

「ああ。話はめしが済んだあとで、ゆっくりとしよう」

真之介の口調に深刻さが宿り、すぐにも聞きたかったが、従わざるをえない。

「かしこまりました」

どういう話かと、音乃は憂いを引きずった。そんな心根を隠して言う。

「源三《げんぞう》さんがお風呂を沸かしてくれていますから、すぐに入れます」

「そうか、源三さんがか。うちのためによく働いてくれるな、ありがたいことだ」

源三とは、二十歳のときより丈一郎の下で目明しとしてずっと働いてきた男である。

四十五歳というから、二十五年にわたる巽家とのつき合いであった。

「そういえば、源三さんが親父の目明しになったのは、おれが生まれた年であったな」

真之介が、感慨深げに言った。

丈一郎の退職とともに、源三も十手《じって》を返上した。生活は、髪結いの亭主であり悠々自適で銭には困らない。

源三は、目明しとして目端《めはし》の利く優れ者であった。十手を置くには惜しい男と、真之介は見ていた。

一度、言ったことがある。

「――親父が辞めたら、おれを手伝ってはくれねえかな？」

「年寄りがいつまでも十手をもってたんじゃ、これ幸いと悪党たちがはびこりまさあ。それに、おっ母が働いてくれるんで食うには困らねえし。真ちゃんには、長八というできた岡っ引きがついてるじゃありやせんか」

幼いころより『真ちゃん』と、源三からは呼ばれていた。名うての町方同心となった今でも、真之介はそう呼ばれるのが心地よかった。

物心ついたころより、十手の扱い方や早縄の打ち方を、遊びの中で教えてくれたのも源三である。怒ると真之介の表情が変わるのは、源三の鬼のような厳つい顔を真似するうちに自然と身についてしまったものだ。

その源三が、十手を返したあとも何かと巽家のために働いてくれる。

疲れた真之介の体を癒すのに、毎日の風呂は欠かせない。音乃にとって、一番助かるのは風呂の水汲みであった。

「――音乃さんのようなべっぴんは、力仕事は似合わねえ。あっしが毎日来て、風呂を沸かしやすから」

音乃が遠慮するのも聞かず、毎日夕方に来ては風呂を沸かしてくれる。

　真之介が入るのは終《しま》い風呂であったが、この日は湯も新しい、一番風呂である。

「きょうは、最初に入れますね」

「ああ、ゆっくりと風呂に浸かるとするか」

　音乃が着替えを用意して、真之介が一番風呂に浸かる。こんな光景は久しぶりだと、両親である丈一郎と律が遠目で見やっていた。

　大柄の真之介が風呂に浸かると、ざざぁーと音を立てて湯船から湯がこぼれ落ちた。

「どうですかい、真ちゃん。湯加減は……？」

　源三が、外から声をかけた。

「せっかく汲んだ湯をこぼしちゃって、申しわけねえ。ああ、ちょうどいい湯加減だ。極楽だぜ、まったく」

「閻魔が極楽に行っちゃ、しょうがねえな」

　悪党を捕まえるときの真之介は、『――この、閻魔の使いが許さねえ』と啖呵《たんか》を切るのが口癖である。それがいつしか、真之介が閻魔そのものに喩えられて呼ばれている。

　風呂の外側と内側から、大きな笑い声が聞こえてきた。

三

源三も交え、久しぶりのにぎやかな夕餉となった。

丈一郎と源三の、昔話に花が咲く。

「十年前の、あの捕り物は凄かったな。源三の活躍がなかったら、捕らえられんかった」

「不知火重五郎《しらぬいじゅうごろう》の話ですかい。あんとき夜盗の宿《やさ》に潜り込んで、危ねえ目に遭いやしたが、旦那が真っ先に駆けつけてくれて助かりやした。さすが『北町の鬼』だってことが……」

「また、そのお話ですか。お二人が会うと、いつもその話が……」

いく度聞かされたかと、律が笑いながら話の腰を折った。

真之介と音乃は、笑みを浮かべながら黙って話を聞いている。だが、二人の頭の中は、お富のほうに向いている。

宵《よい》五ツを報せる鐘の音を聞いて、源三は我が家へと戻っていった。

夕餉のあと片づけを済ませ、ようやく音乃は真之介と二人き部屋に入ると、真之介が難しい顔をして座っている。先ほどまでは、まったく見せなかった別の表情であった。

「お話があるとか……」

心の隅に、ずっと抱いていた憂いを顔に表し音乃が訊いた。

「まあ、そこに座りな」

真之介と音乃が向かい合って座る。

「どうだい、親父とお袋とはうまくやってるか？」

またこの夜も同じことを訊かれる。真之介の、一番の気がかりなところなのであろう。

「ええ。本当によくしてくれています。仲良くやってますので、ご安心ください」

先だっても訊かれましたとは、言わない。訊かれる都度《つど》、同じ答を笑顔で返す。

「ならよかった」

「それで、お話とは？」

なかなか切り出さない真之介に、音乃のほうから問うた。

巽家に嫁いで来たときから、音乃は真之介の仕事に一切触れることはなかった。また、話もしない真之介であった。その真之介が、この日あった事件を口にする。

「ならば、どこで心中だと分かったのです？」

音乃の問いに、真之介がふーっと大きなため息を吐《つ》いた。そして、口にする。

「心中立《しんじゆうだて》って知ってるか？」

「それは、起請文《きしようもん》とかで死ぬ覚悟を誓い合うことでしょ。あまりよく知りませんけど」

「それだけ知ってりゃ充分だ。お富の懐《ふところ》から、そんな書き付けが出てきた。そればかりじゃねえ。お富の二の腕には『起請彫』まであった」

「なんですって！　起請彫って入れ墨……」

驚愕で、音乃の口が開いたままとなった。

「ああ、そうだ。その腕には『正さま命』って彫られていた。おそらく相手の名は、正五郎とか正吉って名の野郎だろう」

「まさか、あんなおとなしいお富ちゃんに限って……」

腕に、彫り物なんかするわけがない。あとの言葉がつづかず、音乃は絶句した。

「そんな大胆なことはしねえって言いてえんだろ。そんなようなことは、朝から耳にたこができるほど聞いてるぜ。行く先々の聞き込みで、お富の評判を聞いたからな。あれから音乃が行ってる針師匠のところにも行った」

「師匠には相対死ってことも……？」

「いや、それは誰にもまだ言ってはいねえ。腕の墨《すみ》のことも、触れねえで聞き込みをしている。それを口にして訊くのは、音乃だけだ」

「なぜに、わたくしだけに？」

「口が固いし、ちょっと知恵も借りたくてな」

「そういうことでしたら、なんなりと。お富ちゃんのためにも、お役に立ちたいと思います」

音乃は、腰ごと曲げて大きくうなずいて見せた。

一緒になってから、初めて関わる事件であった。

お富に対する評判は、おとなしくて気立てのよい娘ということに尽きている。

誰一人として、悪く言う者はいない。

「それにしても行方知れずになってから三日の間、お針のお弟子さんたちは誰も知らなかったらしいし、ご近所で幼馴染の、お春ちゃんやお仙ちゃんですら、きょう初めて知ったのですって」

「そうかい。音乃なりに、聞き込んでたんだな」

「もっと不思議なことがあるのだけど……」

「ほう、なんでもいいから言ってくれねえか」

「三枡屋さんは、どうしていたのでしょうねえ。娘がいなくなったってのに、なぜ届けを出さなかったのでしょうか？」

「そのことだったら、おれが聞いてる。十日ほど、行儀見習いで軽子橋《かるこばし》近くの旗本坂《さか》上数馬《がみかずま》様のところに行ってるはずだった」

「軽子橋といえば、わたしの実家の近くですね」

音乃の実家とは、三町ほど離れている。四方が大川と新堀川で囲まれ、埋立地を意味する築地《つきじ》という一帯の中にあった。

「行ってるはずだったということは、そこには行ってなかったと？」

「坂上様の話では、行儀見習いを頼まれてやったのに来やしねえと憤慨してた」

「ならば、行く途中でお富ちゃんに何かがあったってことですね？」

腕を組んで思案をする音乃の姿を、真之介は久しぶりに目にした。質屋『一六屋』の戸口の前で見て以来であった。あのときは、音乃の知恵を借りて事件を解決した。そのこともあって真之介は音乃を頼もしく思え、顔に笑みさえ浮かんだ。

「そのもの言いじゃ、お富は心中じゃねえってんだな？」

「あたりまえです。最初からわたくしは、相対死だなんて思ってはおりません」

「だったら起請文とか起請彫ってのは、どういう意味だ？　わざわざそんなものをくっつけて、殺す馬鹿がいるか」

「それは分かりませんけど、何か裏があるような気がしてならないのです。一つ言えるのは、誰かに拐《かどわか》されたということ」

「拐しか……腑《ふ》に落ちねえな」

首を傾げて真之介は考える。

「何が腑に落ちないのです？」

「よしんば拐しとしたら、なぜに下手人は三枡屋を脅さねえで相対死と見せかけた。そんな、一文《いちもん》にもならねえことをわざわざやるんだ？」

「今それを訊かれましても、分かりませんけど、そのあたりを頭に入れて探っていけば、何か分かってくるかもしれません」

「音乃は、あくまでもお富は拐しに遭って殺されたってんだな？」

「真之介さまには、そう考えていただきたいです」

このとき真之介の顔に、不敵な笑みが浮かんだ。澱《よど》みなく答える音乃の意見が自分の考えと合致したからだ。

「なるほど。そうするってえと、下手人には別に目的があるってのだな。お富を殺したのは、手はずの一つだってことか」

「さすが、真之介さま」

「それにしても分からねえことが、山ほどあるな。なんだか、頭が痛くなってきた。今夜は、このぐれえにして寝るとするか」

「頭痛がするのですか？」

「難しいことを考えてちゃ、誰だって頭が痛くならあな」

「それはそうですね」

病からの頭痛でないと聞いて、音乃はほっと安堵の息をついた。

「だが、音乃のおかげで、もつれていた糸が、なんとなく解《ほど》けるような気がしてきた。あとは、寝ながらでも考えるとするか」

「でしたら、お床は離して敷きましょうか？」

「いや、くっつけな」

この夜、真之介と音乃にとっては長い夜となった。

四

翌日の朝、夜更かしからか真之介は体がだるく感じていた。

昨夜、音乃から頭痛がするのかと問われ、話をはぐらかした。本当は、頭の芯がズキズキと疼《うず》いていたのだ。

起きると頭痛は取れている。体のだるさは、久しぶりの夫婦の営みからくるものと真之介は取った。

いく分重い足取りで、真之介は直《じか》に三枡屋へと向かった。

「……お富は拐しに遭い、殺されたのか」

三枡屋に向かう道々、真之介の口から呟きが漏れる。

中ノ橋で新堀川を渡り、真之介は戸口の前に立った。朝五ツを過ぎたというのに、大戸が閉まっている。

——不幸があったのだから、そいつは仕方がねえな。

ここで真之介はあることに気づいた。

「忌中の札が出てねえ。そうか、相対死で届けたんだった」

奉行所には、相対死として届けを出しておいた。ならば、お富は家に帰されず遺骸は捨てられ、通夜も葬儀も許されないということだ。

「くそっ、早まったか」

真之介にしては、珍しい落ち度であった。

お富の家を前にして、真之介は後悔に苛《さいな》まれた。苦渋の思いで唇を噛みしめる。

「もっと調べてから、調書《しらべがき》を出せばよかった」

一度出した調書は、真実をもたらさない限り覆すことはできない。しかし、真実を探り出すには、かなりの時がかかりそうだ。

「……それまで三枡屋に、何もなければいいんだが」

真之介が独りごちたところで、背後に通りすがりの人の声が聞こえてきた。

「おや、娘さんが亡くなったというのに、お葬式を出さないのかしら？」

誰しもが、怪訝に思うところだ。

真之介の脳裏に、いやな予感が渦巻く。

「うっ、頭が痛え……」

頭の芯に不快な頭痛がよみがえった。先日来より、ときたま起こる頭痛であったが、すぐに治るところから真之介はさして気にもせずにいた。

顔をしかめると、頭痛は消える。

真之介は顔を上に向け、庇《ひさし》に載る三枡屋の金看板を目にした。創業宝永《ほうえい》三年と書かれてある。百年以上も経つ老舗《しにせ》であった。

真之介は、その先を読んだ。『油問屋組合長役処』と小さな文字で書かれ、看板の真ん中に『菜種油　三枡屋』と、堂々の金文字が浮き出ている。

大戸の切戸は、閂《かんぬき》がかかって開かない。

店からは入れないので母家の出入り口がある、裏へと回った。さすが大店で、敷地は五百坪ほどあり長い塀がつづく。

板塀に挟まれた路地を奥へと向かう。表通りから十五間ほど入ったところに、裏木戸があった。

木戸に近づいたところで、商人風の男が三人、中から出てきた。

町方同心の姿を目にした瞬間、その三人は驚くような表情をしたが、すぐに元の顔に戻すと小さく会釈をして真之介とすれ違った。一様に、苦虫を嚙み潰したような表情だ。

お悔やみで訪れたにしては、ずいぶんと朝の早い客たちである。商人ならば、今が一番忙しいときで、店に居るのが大方《おおかた》だろうと真之介の首が傾く。

「ちょっと待ってくれませんか」

すれ違い、互いが三歩ほど進んだところで真之介が声をかけた。十手を手にもち、御用の筋を示す。

「はあ……」

町方同心に呼び止められては、相手をせざるをえない。訝しげな様子で、三人は頭を下げた。

「お宅さんらは、この三枡屋とどんな関わりで……？」

「手前どもは、同業の者でして」

五十歳の半ばに見える、歳のいった男が答えた。長老なのか、上背の高い男と肥《ふと》った男に挟まれ、真ん中に立つ。

両脇の二人は十歳ほど下であろうか。右側の、肥った一人に真之介の目がいった。

「同業とは、油問屋で？」

「はい」

肥った男に問うも、答えるのは中に立つ年長の男である。

両側の二人は、応対をその男に任せたようで、黙ってやり取りを見やっている。

「ちょっと訊きてえことがあるんだが、よろしいですかい？　おれは北町の巽って者だが……」

「なんでございましょう？」

三枡屋の出入り口の近くでの立ち話もはばかられると、場所を移すことにした。

上背のある男は霊巌島《れいがんじま》に、長老風の男は対岸の本《ほん》八丁堀五丁目、そしてもう一人の肥った男は、芝口の汐留橋《しおどめばし》近くに油問屋を構える店の主であった。

霊巌島は『若松屋《わかまつや》』。本八丁堀は『泉州屋《せんしゅうや》』、そして芝口が『河奈屋《かわなや》』という屋号までを真之介は聞き出した。

それぞれ、帰る方向が異なる。

表通りに出て、真之介は聞き込む場所を探した。すると、中ノ橋を過ぎたあたりに番屋がある。

「あそこでいいですかい？」

朝から番屋に連れていかれるのかと、大店の主としての見栄もある。三人は、露骨にいやそうな顔をした。

「でしたら、あそこにしやすか？」

番屋から二軒向こうに、甘味処《かんみどころ》と書かれた幟《のぼり》がはためいている。大店の主にはそぐわない茶屋であるが、落ち着いて話すことができる。

すると――。

「手前どもに訊かれましても、何もお答えすることはできませんし、ここは泉州屋さんにお任せしてもよろしいでしょうか？　店が芝口と、遠いものですし……」

相撲取りのようにでっぷりと肥え、鬢《びん》に白髪の混じった河奈屋の主が願いを乞うように言った。

「できましたら、手前のところもこれから客が訪ねてまいりますので」

若松屋が、追随する。

三人いても、仕方ない。

「でしたら、泉州屋さん……」

真之介が顔を泉州屋の主に向けると、やはり不快そうな顔が返ってきた。

「手前も、急いで帰らねばならぬ用事が……」

三人とも、真之介の聞き込みを拒む。

「こっちも御用の筋なんでね、そんなに邪険《じやけん》にしねえでくれねえか」

十手をちらつかせながら、役人風を吹かせて真之介が言った。

「やはりここは、泉州屋さんがお相手をしてさし上げたらいかがですかな。今後、三枡屋さんのあとを引き継ぐのは……」

肥った顔の真ん中に、胡坐《あぐら》をかいた鼻がある。その鼻の穴から荒い息を噴き出しながら、河奈屋が言った。

「もし、河奈屋さん……」

河奈屋の口を途中で止めたのは、若松屋の主であった。

「そうでしたな。まだ、決まったことでは……」

同業者の間に何か事情がありそうだと、真之介は三人の口からとらえた。

みな忙しい身だと、真之介の相手を互いが押しつけ合う。

「どなたでもいいので、早く決めてくれませんかね」

「やはりここは、長老である泉州屋さんお願いします。手前の店は芝口と、遠いものですし……」

「手前も店に戻らないとお客が……」

と二人に言われれば、ここから一番近い泉州屋がうなずく以外にない。

「仕方ありませんな」

泉州屋が答えたと同時に、二人は歩き出した。

若松屋は中ノ橋で対岸に渡る。その先が霊巌島だ。

一方の河奈屋は堤を歩かず、護岸された階段を降りていった。肥った体では、歩くのも億劫《おっくう》そうだ。桟橋で、猪牙舟《ちょきぶね》を拾うつもりであるらしい。運河で囲まれたこの一帯は、舟の利便がよい。船着場の桟橋が、いたるところにあった。

三軒とも、新堀川沿いに店を出している。

甘味処で、食いたくもない饅頭を口にしながら真之介は泉州屋の主から話を聞いた。その間およそ四半刻。

甘味処を出た真之介は、愕然とした面持ちとなっていた。

泉州屋と別れたあと、心に重みを抱いた真之介の足も重い。

お富の、相対死の噂はすでに同業にまで広がっていた。

三枡屋の下りた大戸の前を通り過ぎるとき、真之介は再び庇に掲げる金看板を見上げた。

「油問屋組合長役処か……」

小さく声を出して、その一か所を読んだ。

菜種や胡麻《ごま》などの上質の植物油から、魚や牛豚の脂《あぶら》から取った下等な動物油。食用から燃料までを扱う江戸中の油屋を取り仕切る、油問屋の組合長ともなれば相当な利権を手にすることができる。誰もが、その役職に一度はつきたいものだと思っている。

組合長の一番の利権といえば、千代田城《ちよだじょう》への油の卸しである。将軍家の大量消費を、三枡屋が一手に賄《まかな》っていた。

三枡屋は油問屋の組合長として、三十年の間君臨している。江戸でも一、二を競う大店であった。

泉州屋の話だと、三枡屋には油問屋の組合長を返上するよう促しに行ったのだという。

三人は、三枡屋の下につく組合の世話役たちであった。三役とも呼ばれている。

「――娘さんが相対死を起こしたのでは、組合長としての立場がないのでは？　今すぐ辞めてていただけませんかねえ」

三枡屋の主、八郎左衛門《はちろうざえもん》に返上を促したのは誰の口であるかは聞いていない。しかし、三枡屋の場合はそれだけでは済まされない。

相対死は、その家族までにも累《るい》を及ぼす。商いの存続までもが危ぶまれるのだ。

創業百年以上の由緒ある三枡屋が、一夜のうちに崩壊しようとしている。相対死は、それほど罪深いものとされていた。

五

しばし金看板を見つめてから、真之介は路地へと入った。

娘を亡くし、店までも失おうとしている三枡屋の母家は、どんよりとした重い空気に包まれていた。

奉公人がいるのかいないのか、家の中は物音一つしない静寂の中にあった。

真之介は、主である八郎左衛門を前にして座った。

四十五歳になるという八郎左衛門は、三枡屋六代目の当主である。本来ならば、これほどの身代を守るため溌剌として働いているのだろうが、今はその面影はまったくない。魂の抜け殻として真之介の目に映った。

昨日会ったときとはまったくの別人である。

一夜のうちに頭髪は白髪と化し、顔面の皺はいく筋も増えている。げっそりと頰は削《そ》げ、一気に二十も老いたかのようである。

打ち拉《ひし》がれた八郎左衛門に向けて、訊きたいと用意してきた言葉が出せない。何から訊いてよいのかと、真之介は迷った末に、

「お内儀さんは……？」

ようやく口に出せた問いであった。

「きのうから床《とこ》に伏せっております」

聞き取りづらいほど、小さな声音であった。それでも真之介は、問い直そうとはしない。

「若旦那は……？」

三枡屋には一郎太《いちろうた》という、真之介と同い年の、二十五歳になる跡取りがいる。七代目八郎左衛門を継ぐ男である。

「きのう家を飛び出していったきり、帰ってきてません」

どこに行ったかも、分からないと首を振る。

「ああ、もう駄目だ」

八郎左衛門の、悲壮極まる声音であった。

「旦那さん、元気を出してくれねえかい。大旦那がそんなんじゃ、奉公人たちも気が塞《ふさ》いじまいますぜ。そうだ、奉公人のみなさんは？　誰もいねえようだけど……」

「それぞれの部屋で、おとなしくしてます。このあと番頭さんが来て、今後のことを話し合うことにしてます。それまで、部屋で待つよう含めてあります」

二百坪もある母屋である。住み込む奉公人の部屋は、主の居間とは離れたところにあった。

今の八郎左衛門に慰めを言っても、無駄であろう。気を取り直すような言葉はないかと、真之介は考えた。

——仕方ねえな。

「お嬢さんは、相対死ではないかもしれねえ」

奉行所の沙汰は相対死で通り、一件落着していることである。本来ならば、やたらと口にできない言葉であった。真之介自身も、定町廻り同心の立場上、この一件からは手を引かなくてはならないのだ。

だが、真之介はあえて八郎左衛門に向けて言った。

「ほっ、本当ですか？」

八郎左衛門の顔に、いくらか血の気が戻ったようだ。

「いや、まだなんとも言えねえし、決まった沙汰を覆すのは容易ではねえんだが」

真之介のもの言いに、八郎左衛門の一度上がった肩が再び落ちた。

「心配するねえ。奉行所の沙汰はどうであろうが、おれはこいつには裏があると睨んでいる。これからそれを暴き出そうと思ってるんだ。そんなんで、旦那さんも気を落とさねえでおくんなさい」

「裏ですって……？」

「ああ、そういうことで。だが、こいつは旦那さんの胸の中だけにしまっておいてくれねえかい」

「どうして？」

「調べがやりづらくなるから。おれも、奉行所とは別のところで動かなくてはならねえし、まだ誰の仕業かとまるで分かってねえ。下手人を焙《あぶ》り出すには、極秘の探索ってのが必要なんで」

「ええ……」

「このあと三枡屋さんにどんなことが起きるか分からねえが、大旦那らしく気丈に振舞ってくれねえか。しかし、今言ったことはあくまでも内密に」

「かしこまりました」

八郎左衛門の背筋が伸び、いくらか生気を取り戻したようだ。

「お富ちゃんのことを、詳しく話してくれねえですかい」

「あんな気立てのいい娘はいません。最近縁談がもち上がりまして、見合いをさせたばかりです。そんなことで、行儀見習いに出したのですが……」

「坂上という旗本の家にですね？」

「左様です」

「縁談の相手というのは？」

「同業者の倅で河奈屋さんの長男でありますが、お富のやつどういうわけか嫌《いや》がりまして……」

「河奈屋さんてのは、さっきいた、芝口のですかい？」

「はい」

「お富ちゃんは、どうして嫌がったんでしょうね？」

「それについては、何も言いませんでしたが嫌なものは仕方がない。そんなことで、お断りをしたばかりです」

八郎左衛門から聞き出したのは、これだけであった。

そのあといくつか問い立てをしたが、三枡屋八郎左衛門からは、下手人に結びつく手がかりを得ることはできなかった。

三枡屋を出て、真之介は表通りへと出た。

調べたいことがあり、奉行所に向かおうと西に体を向けたそのとき、

「旦那……」

真之介を呼び止める声がする。顔を向けると、中ノ橋を渡って駆けてくる長八の姿があった。

「役宅に行くと、お内儀からここにいると言われたもんで……いて、よかった」

膝に手をあて、腰を折りゼエゼエとやっている。

音乃には、三枡屋に行くと告げてあった。

よほど急いできたか、長八の呼吸の乱れはしばらくつづいた。

「何か、あったのかい？」

「ええ。また、殺しがあったもんで」

「なんだと！　どこでだ？」

周りをはばからず、真之介の大音声《だいおんじょう》が響いた。道行く人が、驚く顔を向けている。

「霊巌島の、松平様の屋敷の近くで……」

「遠いのか？」

「そんなに遠くはねえな。よし、行くぞ」

小袖の裾をたくし上げ、真之介が奔《はし》り出した。

深川《ふかがわ》へ渡る永代橋《えいたいばし》が見える。

男が死んでいたという現場は、永代橋の袂から半町ほど西の、新堀川に架かる豊海《とよみ》橋《ばし》の下であった。

橋脚に絡んで、水に浮いていたという。

すでに遺体は引きあげられ、橋下《はしもと》の平らなところに寝かせられて、莚《むしろ》がかけられている。八丁堀組屋敷から派遣された四人の捕り手が、六尺の寄棒《よりぼう》をもって遺体を守るように取り囲んでいた。

発見は、猪牙舟を操る船頭であった。

一刻ほど前のことである。たまたま小便がしたくなり、豊海橋の橋脚に舟を近づけたところで遺体を見つけ、用を足すのも忘れて桟橋の階段を駆け上り南新堀町の番屋に報せたと言う。

たまたま番屋にいたのが、長八の下につく下っ引きの熊吉《くまきち》であった。報せはすぐに長八にもたらされ、真之介に届いたという次第だ。

「まだ若いな」

莚を剝ぎ、遺体の顔を見た真之介が開口一番に言った。齢のころなら、二十代の半ばに見える。着ているものからして、商人のようである。胸から腹にかけ着物ごと袈《け》袈裟懸《さが》けに斬られた傷がある。死因は明らかに、大刀で斬られたものである。傷口は洗われ、開いた皮膚の隙間に肋骨が横たわるのが見える。相当な深手であった。

豊海橋付近に、血が飛び散った跡はない。現場は別のところで、そこから運ばれ、遺棄されたものと見える。

遺体の状況からして殺されたのは昨夜、一晩水に浮いていたようだ。

「身元が分かるものは？」

十手の先で遺体をまさぐり、真之介は身元の手がかりを探した。懐や小袖の袂を探るも、財布や巾着は出てこない。

「物取りの犯行か？　いや、違うな……」

殺しも、遺体を運んでどこかに遺棄するとすれば、大掛かりである。単なる物取り、強奪の類ならばそこまでのことはしない。それと、所持品がないのは、流されたことも考えられる。

「もしや……？」

ふと真之介に、思い当たる節があった。

三枡屋八郎左衛門の一言である。

『──きのう家を飛び出していったきり、帰ってきてません』

嫡男である、一郎太のことを訊いたときであった。

「長八、越前松平様の屋敷近くの銀《しろがね》町二丁目に、若松屋という油問屋があるから、そこの主を呼んできてくれねえか」

若松屋の主なら、一郎太の顔を知っているだろうと真之介は判断した。若松屋なら、現場から二町と近い。念のためと、在り処を聞いておいてよかったと真之介は思った。

間もなくして、油問屋組合の三役の一人である若松屋多兵衛《たへえ》が、長八と共に駆けつけてきた。

「先ほどはどうも。忙しいところ呼び出してすまねえが、この仏さんの顔を見てくれねえか」

おざなりの挨拶のあと、さっそく多兵衛に見分《けんぶん》をさせた。

「うっ」

遺体を見て、多兵衛は吐き気をもよおしたか掌《てのひら》で口を塞いだ。

「見慣れねえもんだろうが、ようく見てくれねえか」

あえて、これが誰かとは告げていない。

「はあ……」

いやいやの素振りを見せながら、多兵衛は遺体の顔を見やった。

「ん？　これは……」

知り合いであるのか、多兵衛は絶句する。

――やはり、一郎太であったか。

束の間思うが、多兵衛の口から出たのは別の名であった。

「正次郎《まさじろう》では……」

「なんと言いやした？」

真之介は聞き取れず、聞き直した。

「やはり、正次郎だ。この黒子《ほくろ》で、間違いない。ほれ、旦那もご存じでしょう。泉州屋さん……」

「泉州屋って、さっき一緒にいた？」

「ええ、さようです。泉州屋文右衛門《ぶんえもん》さんの次男で、正次郎という男です。これがまた、放蕩の限りを尽くしてどうしようもない倅でして……」

「長八、仏さんの腕をめくってみてくれ」

多兵衛の言葉を遮り、真之介は言った。

「旦那、ありますぜ」

正次郎の、右の腕《かいな》に『とみ命』と、彫られてあった。

二軒の油問屋の倅と娘が、それぞれの腕に相手の名を彫り相対死を企てた。

片方の娘は死に至り、もう片方の男は生き残ったものの無残にも斬り殺された。

そんな図が、真之介の脳裏に浮かぶ。

――ちょっと、話がおかしかねえか？

真之介が自分に向けて問うた。

誰からも、お富に男がいたなどと聞いたことがない。音乃の話からも、そんな素振りは微塵もなかったと聞いている。

「若松屋さん、腕にあった彫りもののことは黙っていてくれねえか」

「ええ、もちろん。手前は何も知らなかったということで……」

まずは、若松屋の口を塞いでその場は帰した。

六

本八丁堀の泉州屋は、大川の吐き出し近くにある高橋《たかばし》の袂沿いにあった。

下っ引きの熊吉を使いに出すとしばらくして、泉州屋の主文右衛門がおっとり刀で駆けつけてきた。

「正次郎……」

絶句はするものの、涙は落としていない。

「たしかに、倅さんですかい？」

「ええ、左様です。うちの次男に間違いありません」

訊かれたことを澱みなく答える文右衛門に、倅を失った悲しみはなさそうだ。だが、次の瞬間文右衛門の顔が、驚愕と恐怖で引きつることになる。

「長八、見せてやんな」

真之介から言われ、長八が右腕の袖をめくった。

「これは！」

「相対死の起請彫ってことだ。とみ命とは、三枡屋のお富のことをいうのだろうよ」

「なんていうことを、この大馬鹿者が！」

遺体に向けて、文右衛門が怒号を発した。

「旦那さん、ここで大声は出さねえほうが。橋の上で、野次馬がのぞいてますぜ」

「ああ、はい……」

力ない返事と共に、文右衛門が地べたへとへたり込んだ。

相対死には、生き残ったほうにも重い処罰が下される。

「気落ちするのは無理もねえが、ここは大店の旦那として、はっきりと答えてくれ」

「ええ……」

「倅の正次郎さんと、三枡屋のお富はできてたのかい?」

「いいえ……」

文右衛門は大きく頭を振った。

「そんな話は聞いたこともありません。、正次郎は……」

次男として生まれたのが面白くないのか、昔から親に逆らう子であった。店の金をもち出しては遊びにうつつを抜かし、放蕩の限りを尽くした。だが、一つだけよいところもあった。人一倍正義感が強く、自分より弱い者には一切手出しをしない男でもあった。

苦渋がこもる口調で、文右衛門が正次郎を語る。

「ですから、相対死なんて真似は絶対にしないと断じて言えます。ましてや、三枡屋のお富ちゃんとなどとんでもない、これは何かの間違いです」

文右衛門が、一気に捲くし立てた。

「やはり、お富も誰かに殺されたってことだな」

真之介が、呟くように言った。

「なんですと？」

言葉が聞き取れなかったか、文右衛門が訊き返した。

「二人は、相対死を企てたと見せかけ殺されたかもしれねえ。もっとも、正次郎のほうは正真正銘の殺しだがな」

正次郎の死は、大きな手がかりとなりそうだ。真之介は、十手の心棒で軽く頰を叩く。思案しているときのくせであった。

「……なるほど。誰かに、仕組まれたってことか」

誰にも聞こえぬ声で、真之介は呟いた。

一町ほど先の永代橋の欄干から、豊海橋の橋下の様子を眺めている者がいた。

「……まずいことになったな」

古びた小袖に平袴を穿き、腰に二本を差す浪人風の男が独りごちた。浪人の目は、真之介に向いている。

浪人はしばらく現場を眺めたあと、橋の東詰めに向けて歩き出す。永代橋を渡れば、そこは深川相生《あいおい》町である。

橋の袂に船宿があった。

浪人は船宿に入ると、主に声をかけた。

「猪牙舟を一艘出してくれ。行き先は、芝口だ」

「へい、かしこまりやした」

浪人は、陸路ではなく水路を利用した。

大川から新堀川に入り、運河を鉤《かぎ》状に進む。

汐留橋あたりまで来て、浪人は舟を停めた。桟橋から堤に上ると、芝口二丁目である。東海道に通じる大通りに面したところに『河奈屋』と、金看板を掲げた油問屋があった。

店の裏手は運河である。ここも、水運の利便がよいところであった。

河奈屋も、上方《かみがた》からの上質菜種油を卸す元売りである。

主の徳三郎《とくさぶろう》は四十五歳になる。贅肉がつきでっぷりと肥えた体は、いかにも贅沢が身についているようだ。それだけに、商才は長けていそうだ。十五のときに上方から単身江戸に来て、一代で財を築いた叩き上げの男である。今は、油問屋組合の幹部に名を連ね、大店の主へと出世を果たしていた。

猪牙舟を下りた浪人が、裏木戸から河奈屋へと入っていく。

この浪人、河奈屋への出入りは自由なようである。

一月《ひと》ほど前から用心棒として雇われ、母家に住み着いている。徳三郎とは古い縁であった。

誰にも断ることなく母家に入り、勝手知ったるとばかりに、主である徳三郎の部屋まで来たところ、女中がお盆を抱えて出てきた。

「女中、来客か？」

「はい。お武家様がお二人、お茶を運んだところです」

「客は誰だ？」

「はい。坂上様と板谷様でございます」

――また金の無心か。

「ならば別間で待つとするか。どこの部屋で待てばよいかな？」

「それでは、こちらに……」

女中に案内されて、浪人は別間で控えることにした。

客の一人は三十代の半ばであろうか、眉間に一本の縦皺が刻まれ、冷徹そうな険《けん》を含む顔つきの侍である。

黒羽二重《くろはぶたえ》の着流しで身を包み、腰には小刀を帯び、座る脇に蠟《ろう》色の鞘に収められた大刀が横たわっている。一見した身形《みなり》からは身分が分からない。

もう一人は、二十代半ばの若侍である。型染めの模様があしらわれた、上等な羽織を纏った姿は大身旗本の子息に見える。

床の間を背にした上座に侍が並んで座り、下座に徳三郎一人が向かい合って座っている。

二人の武士の膝元それぞれに、紫の袱紗の包みを差し出して徳三郎が言う。

「些少ですが……」

差し出された袱紗を、黒羽二重の男が遠慮する仕草もなく開いた。二十五両の切り餅が四個、都合百両ある。

「おや？ 約束とは違うではないか。これでは子供の駄賃にも劣るぞ」

百両を、子供の駄賃と言う金銭感覚に、徳三郎の顔は一瞬歪みをもった。だが、すぐに元の福相に戻して言う。

「いやいや、坂上様。これは取り敢えずということでして……」

坂上と呼ばれた武士の名は、数馬という。身形からは想像がつかぬが、れっきとした八百石取りの直参旗本で、お目見え以上の身分である。五つ紋の黒羽二重を着流すのは、坂上が外出するときの好みであった。

小普請組支配下に属し、勤役もなく日がな一日をぶらぶらと過ごす毎日に、嫌気を差している。人一倍金銭への執着は強く、貯めた金を元手に然るべき要職に就こうという野心はもっている。

「ほう、取り敢えずとな。それで、残りはいつ入る？」

「おかげさまで、ようやくお鉢が回ってまいります。そのときが来ましたら、お約束どおりのものを……坂上様にはお世話になりましたもので」

「分かった。あとの金が入れば、いよいよ拙者も小普請組から抜けられるでな。ここにいる、弥一郎どのの父親の伝手《つて》で……」

坂上数馬の横に座るもう一人の武士は、あろうことか板谷弥一郎であった。

「はっ。父上から、ご老中様に手回しをしてますので、もう少しお待ちを」

弥一郎が、坂上に体を向けて腰を折った。

「よしなに頼むと、弥一郎どのの口からもお伝えくだされ」

「かしこまりました」

勘定奉行板谷幸太郎のおかげで、河奈屋の身代は大きくなったといってよい。そのために、これまでいくら金をつぎ込んだことか。

「弥一郎さま。お奉行様にはこれからも、末永くお役に立っていただきたいとおっしゃってくだされ。組合長のお役についたあかつきには、さらなる見返りをご用意いたしますとな」

「心得た。父上には、河奈屋の心根をようく伝えておくから安心してくれ」

弥一郎の口調は、向く相手によって異なる。親子ほど違う齢の相手を、見下《くだ》して言う。

──馬鹿倅のくせして。

徳三郎は、常々それを不快に思っていた。

「よろしくお頼み申し上げます」

心根は奥にしまい、徳三郎は深く頭を下げた。

板谷幸太郎も、河奈屋の後ろ盾があって、勘定奉行に上り詰めた男である。そして、もう一つ先の大名という野心もあった。

用件も済んだと、坂上の話が本題と外れる。

「弥一郎どのは、今年でいくつになられたかな?」

坂上が、弥一郎に問うた。

「はい、二十五になります」

「ほう、よい齢になったな。まだ、内儀はおらぬのか？」

「これといった、いい女がおりませんで……」

「世間の女が放っておかぬほど、よい男だというのに。ならば、わしの娘などいかがかな。今年二十になってな、親の口から言うのもなんだが、それは気立てのよい娘に育ってな……」

——何が娘だ。坂上に娘がいるなんて聞いたこともない。どうせ、自分の女だった者をお払い箱にして押しつけようとしているのだろ。だいいち、いくつのときに産んだ子だ？

弥一郎は、坂上数馬の齢を知っている。三十四歳と聞いていた。心根を隠して、弥一郎は返す。

「せっかくのお話、ありがたく存じます。ですが、自分の妻は自分で探したく思っておりますので、悪しからず……」

——おまえのようなわがまま男に、まともな女が来るわけなかろう。わしの手垢がついた女がちょうどよいだろうにの。

「左様であるか。それは残念であるな。いい娘だというに、もったいない」

「ご厚情はありがたく承ります」

互いの、肚の隠し合いであった。

——用が済んだら、とっとと帰ってもらいたい。

二人のやり取りを、不快そうな表情をして徳三郎が見やっている。

この先、いくら金をもっていかれるか分からない。徳三郎の野心は、油問屋の組合長に成り上がることだ。その地位さえ得られれば、坂上数馬とは縁を切りたい。今後も、寄生虫の如く引っ付き、金の無心をしてくるだろう。その鬱陶《うっとう》しさを思うと徳三郎はげんなりとする心持ちになった。


坂上と弥一郎が帰ったあと、徳三郎は別間に移った。

「お待たせしましたな、芹沢《せりざわ》さま。今しがたまで、坂上様と弥一郎が来てましたので、入ってこられればよろしかったのに」

互いを知っているような、徳三郎の口ぶりであった。

「いや、いい。どうせ、生臭い金の話でもしていたのであろう。それに、あやつらはどうも好かん」

芹沢と呼ばれた、浪人風情が言った。

頬が削げ、やたら目だけがギラギラして、表情に喜怒哀楽の起伏がまったくない。えもいわれぬ凄みに、残忍の影を宿す男であった。

「ところで主、まずいことになった」

芹沢のしかめ面が、徳三郎に向いた。

「まずいこととは……？」

眉間に皺を寄せて言う芹沢の顔を、不安そうにのぞき込みながら徳三郎が問うた。

「泉州屋正次郎の遺体が上がった」

「なんですと？」

「昨晩斬り捨てて、芝浜沖の江戸湾に捨てておいたのだが、豊海橋の橋脚に引っかかっていた」

「なぜに、豊海橋などに？」

「いや、まったく分からん。まさか、誰かが運んだ……いや、考えられん」

「それが正次郎だと、なぜに分かりました？」

「泉州屋の主がそこにいた。八丁堀と一緒にな」

「芹沢さんは、なぜにそこに？」

「正次郎を斬ったあと、深川で清めをしていた。舟を漕いだ留吉《とめきち》と……」

言って芹沢は、ふふふと不敵な笑いを顔に浮かべた。顔面に感情の起伏をまったく見せなかった芹沢にしては珍しいと、徳三郎は思った。

「永代橋から舟に乗ろうとしたら、対岸で土左衛門があがったと騒いでいる。まさかの思いで行ってみたら……」

「それが、正次郎だったってことですか」

「さよう……」

「それじゃ、お富の死が相対死ではないってことが……」

「正次郎の土左衛門が浮かびあがったということで、奉行所が動き出す。さすれば、すべてが露見することも考えられるな」

「なんと……」

徳三郎の顔から血の気が引け、恐怖で引きつる。

「そういえば今朝方三枡屋に、たしか巽とかいう町方役人が、お富の調べは済んだというのに来てました」

「なんだと、巽だと？」

「芹沢さまは、その同心を知ってますので？」

「ああ。そいつは、南北奉行所はじまって以来の逸材といわれる町方同心だ。陰流《かげりゅう》を祖とする神道無念流《しんとうむねんりゅう》の免許皆伝で、悪人からは閻魔の使いと恐れられているほどの男だ」

「なぜに、さほどにご存じで……？」

「巽真之介のおかげで、おれはこんなざまになった」

言葉に怨念を込めながら、ギラリと目を光らせ徳三郎を見やる。その不気味さに、徳三郎は背筋にゾッと冷たいものが走るのを感じた。

——橋の下にいたのも、真之介。だとすると……。

「なんとかしないと、奉行所がここに乗り込んでくるぞ」

「なんですって？」

「巽真之介に睨まれたら、あとは時の問題だ。もう、やつの頭の中には河奈屋の名が刻み込まれているかもしれん」

「どっ、どうしたら、よろしいでしょう？　芹沢先生……」

河奈屋徳三郎が、その肥った体を震わせ恐怖に慄《おのの》く。光った額から、汗が噴き出していた。

相連《あいつら》なっての野心の塊が、罪ない人々をさらに不幸のどん底へと陥れる。

七

その日、宵の五ツごろ真之介は役宅へと戻った。

「今夜は、お帰りが早かったのですね」

いつもより、一刻は帰宅が早いだろうか。

「ああ、音乃に話したいことがあって、急いで戻ってきた」

着替えを手伝いながら訊く音乃に、真之介が答えた。

「また、人が殺された」

とりあえず、それだけを告げた。

「なんですって。いったい、どなたが……？」

驚きに、寝巻きを掛けようとしていた音乃の手が止まった。

「風呂に入り、めしを食ってから話す」

落ち着いてから語ろうということになった。

急いで風呂と食事をすませ部屋で向かい合うと、真之介は正次郎殺しの経緯を音乃に語った。

途中、正次郎の腕に彫られた『とみ命』の件《くだり》では、音乃は整った顔を歪め、唇を嚙みしめて苦悶の表情を示した。

「お富のことと関わりがあって、音乃に語ったのだがどう思う？」

「どう思うとは……？」

「音乃には下手人が、見えてこないか？」

「真之介さまには、もうお分かりなんでしょ？」

「いや、分からんから音乃に訊いているのだ」

「いえ、真之介さまの頭の中では、芝口の油問屋河奈屋が怪しいと思っているはず。組合長の鑑札を得るために、三枡屋さんと長老の泉州屋さんを潰そうと企んだものと見えます。両店の娘さんと倅さんを、無理矢理相対死に見せかけようと仕組んだものの、正次郎さんは生き延びてしまった。それで、ことが露見するのを恐れ、一太刀で斬殺したってところまでは、目に見えるようです。いかがです、真之介さまもそのくらいのことはもうお考えでしょ」

　音乃が一気に語り終えた。

「さすが、音乃だ。おれの話を聞いただけで、それだけの答が返ってくる。見込んだだけのことはあるぜ」

「見込んだとは……？」

意味が解せず、音乃が問うた。

「いや、なんでもねえ」

小さく首を振り、真之介は音乃の問いをいなした。

「ところで、どうして音乃はそこまで読めた？」

「話を最後まで聞けば、どなたにでも想像できると思われます。ですが……」

言いながら、ふと音乃は考える素振りとなった。

「思う節があるのなら、なんでも言ってみろ」

「肝心なのは、河奈屋の後ろに誰がついているかってこと。とても河奈屋の旦那一人で、できることではありませんでしょうし。いくら河奈屋が怪しくても、きちんとした証しが立てられなくては、三枡屋さんと泉州屋さんは潰れ損となります」

「まったく、音乃の言うとおりだ。だが、まだ想像の域で、証しが何もねえ。これから探ることだ。だったら、音乃。本格的にこの事件に関わってみるか？」

「関わるかって、もとよりそのつもり……えっ、先ほど見込んだと言った意味は……？」

「お富のことは、奉行所では決着がついてる。迂闊にもおれが、調書を相対死と出したためにな。そのため、誰にも知られず裏から探らなくてはならなくなった。そこで音乃にいろいろと訊いてみた。すると、ことごとくおれが思っていたことと同じ答が返ってくる」

「わたくしを、お試しなさっておりましたので？」

口調とは逆に、音乃の顔にはうっすらと笑みが浮かんでいる。

「まあ、そういうことだが、悪気に思わねえでくれ」

「もちろんです。町方が、女房の手を借りてるとあっては、名折れになりますから」

「いや、そうじゃねえ。おれは、それほど音乃を見込んだってことだ。だが、気にしておかなくてはならねえことがある」

「気にしておくとおっしゃいますのは？」

「一つは人知れず、内密に探らなければいけねえってことだ」

その意味は、音乃も得心している。

「もちろんわたくしが探っているなどと、ほかの人には絶対に分からないようにします。これは、お富ちゃんの意趣返しでもあるのですから」

「それと、もう一つ……」

「もう一つとは……？」

「相手は相当に残忍で、かつ手練《てだれ》の者を雇っているのはたしかだ。正次郎を斬った傷口を見れば、その腕は半端《はんぱ》でないことが分かる」

音乃を危険な目に遭わせたくないというのが、真之介の懸念するところであった。

すると——。

「真之介さま……」

いきなり音乃の姿勢が改まった。

「実は、真之介さまに知っておいていただきたいことがありまして……」

「知っておいてほしいこと？」

「少々、お待ちください」

言って音乃は、押入れの上にある天袋を開けた。踏み台をもち出し、音乃は一段高く上ると袋戸の中に手を入れた。

取り出したものは、刀を収めた柄袋であった。

「どうして、そんなものを？」

「父上からいただいたものです。出したくはなかったのですが……」

言いながら、音乃は袋の紐を解いた。中から出てきたのは、朱漆塗りの鞘に収められた大刀である。

「なぜにお義父上《ちちうえ》が、それを音乃に？」

「何かあったときの、守り刀にしろとおっしゃいまして」

「守り刀というのは、懐剣だろう。大刀とは……？」

「真之介さま、懐紙を五枚ほどいただけないかしら」

真之介の問いには答えず、音乃が言った。

言われたままに、真之介は懐紙を差し出す。何をやるのかと、首を傾げて音乃を見やった。

「ちょっと、部屋の隅まで下がっていてもらえます。危ないですから」

「ああ……」

と言って、真之介は部屋の隅に身を置いた。

音乃は、懐から細紐を取り出すと、袖が邪魔にならぬよう襷《たすき》をかけた。その襷がけの素早さに、真之介は驚く顔となった。しかし、さらに仰天する出来事が目の前で起きる。

音乃が、五枚の懐紙をいっぺんに天井に向けて投げつけた。

「いやあーっ」

掛け声もろとも朱漆塗の鞘から刀を抜くと、目にも止まらぬ速さで刀を五回振るった。

二つに切られた五枚の懐紙が、十枚となって畳の上に降り落ちた。

「実はわたくし、一刀流戸塚《いっとうりゅうとつか》道場の師範代でもございました。こちらに嫁いでからは、師範代を降りましたけど……」

一刀流とは、伊東一刀斎《いとういっとうさい》を祖とし、三百年にわたり伝えられた一刀流の流派であった。居合《いあい》抜きの極意は、天下一と評されている。

「なんだって？　剣の遣い手とは聞いていたけど、一刀流の師範代とは……」

真之介の、啞然とした顔が音乃の目に入る。初めて、真之介に語ったことであった。

「いつからそんな武芸を？」

「三歳のころより……」

「ずっとか？」

「はい。今でも腕が鈍《なま》らないよう、月に二度ほどは稽古に通っております。木剣での素振りは、お義父《とう》さまとお義母《かあ》さまには分からぬよう夜半に毎日欠かさず……」

「おれが、帰る前にか？」

「はい。それと、真之介さまがお風呂に入っているとき、薪をくべてお湯を加減しながら……」

音乃の、毎日の欠かさずの日課であるという。

美人で利発で、その上に武芸までも心得ている。それも、相当な剣術の腕前であると、真之介は改めて感心する面持ちとなった。

「ほかにも、薙刀《なぎなた》や素手で相手を倒す柔術《じゅうじゅつ》も心得ております。ですが、このほうのお稽古はこちらに嫁いでからは、ご無沙汰をしておりますが」

「なぜに今まで隠していた？」

「ごく普通の妻になろうと思っていました。となればこの刀も縁がなかろうと、天袋の奥にしまっておいたのです。一生出さないものと、今まで思ってました」

「うーむ、そういうことだったか」

驚き冷めやらず、真之介は腕を組んで考える。

「音乃は、人を斬ったことがあるか？」

「いいえ、むろんまったくございません」

「おれたちは、場合によっては人を斬ることもある。そうしなければ、こちらが殺《や》られるからだ。そんな修羅場《しゅらば》に立ったことは、数えきれないほどあった。その都度、おれは人を斬ってきた。音乃に、それができるか？」

「大悪党が相手とあれば、いつでも立ち向かいます。なんせあたしは『閻魔の女房』ですから」

「そんなきれいな顔して、閻魔の女房か」

「わたくしは、自分をきれいだなどと少しも思っておりません。子供のころより父上からは、男の気性と言われつづけてまいりました。実を言えば、町方同心の女房になったのも、夫と一緒に仕事をしたかったため。真之介さまとなら地獄の果てまでも……」

人を斬る覚悟はあると言う。

音乃の本心を初めて耳にし、真之介の言葉が止まった。

「どうしても、お富ちゃんの無念を晴らしてあげたい」

悔恨込めて、音乃は決意を口にした。

「音乃の気持ちは、充分に分かった。だが、お富は気の毒だが、恨みつらみだけで人を斬るのは、怨嗟を金で請け負う殺し屋のやることだ。おれが目指すのは……うっ」

と言ったきり、真之介の次の言葉が出ない。

「どうかしましたか？」

「急に頭が、ガンガンしてきた」

「それはいけない、お医者さまを……」

音乃が慌てて立ち上がり、部屋から出ていこうとするのを、真之介が止める。

「ちょっと待て、音乃。たいしたことはないから、ここにいてくれ」

「ですが……」

音乃は迷ったが、やはり医者を呼んでくることにした。

「源心《げんしん》先生を呼んで、すぐに戻りますから……」

「いや、待て。おれの言うことを聞いてくれ」

苦痛の表情を浮かべて真之介が言う。

「この痛みはすぐに治るから、案ずるな。源心先生には、もう診てもらっている」

顔をしかめて、音乃を呼び止める。顔からは脂汗《あぶらあせ》が垂れるものの、重い頭の病ならば言葉も発せないはずだと、音乃はものの本で読んだことがある。

「分かりました」

症状からして、慌てふためくこともなかろうと、音乃は不安ながらも、従うことにした。

蒲団を敷いて真之介を寝かせようとするも、それも拒む。

「寝るまでのことはない」

——声音からして、これ以上症状が重くなることはなさそう。それでも声をかけると、返事をさせねばならない。体に負担を掛けまいと、音乃は様子を見守ることにした。

しばらくうな垂れじっとしていた真之介は、やがて頭を二、三度振ると顔を上げた。

「もう、なんでもない」

真之介が言ったとおり、すぐに痛みは消えたようだ。

声音も表情も、いつもどおりに戻っている。にわかに脂汗も引き、血色もよくなっている。

そのときの、源心の診立てを真之介は口にする。

『——血の圧はなんともないし、顔色も変ではない。すぐに治る頭痛ならば、たいしたことはなかろう。頭痛もちの人なら、よくあることだ。一様に、すぐに治るというのが特徴だ。むしろ、気の病のほうが心配であるな。町方同心ともなれば、気苦労が多いし真之介さんならなおさらだ。そんな疲れもあるのだろう』

源心の診立ては、体に異常はないということであった。それを聞いて、真之介はほっと安堵したものだ。

「そんなんで、ときどきこんなことがあるのだが、すぐに治るのでたいしたことはない。心配をかけてすまなかった。それで、さっきの話のつづきだが……」

すっかり正常に戻っている。音乃はほっと安堵し、胸を撫で下ろした。

「どこまで話したっけ？」

「たしか、おれの目指すのはってところで、頭が痛くなったと」

「そうか。ならばおれが目指すのは、絶対に人を斬らずに生け捕りにするってことだ。なかなか難しいのだが、このごろのおれはいかなる場合でも、刀を抜くことを控えている。大抵の者なら、十手一本だけで充分だしな」

長い台詞《せりふ》でも、声音は流暢である。

「真之介さまのお気持ちは伝わりました。そこでです、考えていたのですが……」

音乃が、案をもちかける。

「わたくしに、河奈屋を探らせていただけませんか？」

「河奈屋を……？」

「はい。考えがあります」

「どんな、考えだ？」

音乃は一膝進めて、真之介に近寄る。そして、小声で考えを語った。

「町屋の娘に扮して、河奈屋に入り込むと？」

「はい。でも、若い娘に見えないかしら？」

音乃は嫁いだあとも、歯を黒く染める鉄漿《おはぐろ》をしない女であった。

以前、真之介はそれについて問うたことがある。

「――音乃はどうして鉄漿をしないのだ？」

「あれは女を老けさせますし、見てくれもよくありません。あれを美しいと思うお人のほうが、おかしいと思っておりますから」

「だが、人妻ならばみなしているぞ」

「人は人です。誰から何を言われましょうが、構わぬではありませんか。染めなくてはいけないという、ご法度《はっと》でもあれば別ですが」

頑固に、突っぱねたものだ。

「歯も黒く染めてないし、それなりの拵《こしら》えをすれば十八、いや十六くらいまではいけるな。だが、どうやって……？」

「孫子の兵法に『兵者詭道也《へいはきどうなり》』という一説があります。訳せば『戦《いくさ》とは敵を騙《だま》すことにあり』ということでございましょう。ときには偽りも大事な策略かと」

「音乃は、孫子の兵法にも精通しているのか？」

「はい。八つのときに父上から本をいただき、これまでいく度も読み返してまいりました。その策を用いようかと思います。よろしければ、明日にでも河奈屋に下調べに行ってまいります。どう出るかは、そのあとに考えたいと」

武芸だけでなく、学問も相当極めている。そして、容姿の見栄えがよく心根が優しい。

──すべてを兼ね備えた女だな。江戸広しといえど、これほど飛び抜けた女はいねえ。

妻に娶って二年が経ち、真之介はここにきて初めて音乃のいろいろを知った思いであった。

真之介は、音乃を自分の妻だけにしておくのはもったいない、江戸の町民のためにその能力を発揮させようと、心に決めた。そのために、多少家事がおろそかになっても仕方ない。

「分かった。気をつけて行け。親父とお袋も、分かってくれるはずだ」

そのため、両親にだけは知っておいてもらいたい。明日にでも話をして、理解をもらおうと真之介は肚の中に置いた。

第四章　地獄のお裁き

一

翌朝も、真之介は慌しく起こされた。

「深川は大島《おおしま》町の堀に架かる大島橋の下で、男の斬殺死体があがりやして……」

岡っ引きの長八が、息急《せ》き切って報せに来た。

真之介は、まだ寝巻き姿であった。

「深川なら、本所役人の縄張りだろうに」

「その本所役人の手下が今朝早く、南新堀の番屋に聞き込みに来やして、たまたまあっしがそこにいたもんですから……」

「早くから、ご苦労だったな」

長八と下っ引きの熊吉に、朝早くから正次郎殺しで近在を探らせていた。その労《ねぎら》いを、真之介は言ったのである。

「その骸《むくろ》のざまからして、正次郎殺しとそっくりなもんで……」

「なんだと？　詳しく話してくれ」

「へい。形《なり》は遊び人風ですが……」

長八が語り出すのを、真之介は黙って聞き取る。

「正次郎殺しと似てるのは、まずは堀の橋脚に引っかかっていたことと、袈裟懸けの一刀で斬られていたってことでさあ。それと、起請彫ではねえですが、二の腕に花札の『松に鶴』が彫ってありやして、何も所持品はねえってところも同じで、しかも、骸が見つかったのはきのうの朝でありやす」

息をつくことなく、長八は一気に語り終えた。

「なるほど。偶然かもしれねえが、ずいぶんと相似してやがるな」

同じころ、大川の対岸で同じように一刀で斬られた死体があがったのだ。長八が慌てて来たのも当然だろうと得心し、真之介は大きくうなずいた。

真之介は、腕を組んで考える。十手をもっていれば、心棒で頰を叩いているのだろうが。

死体のあがった場所は、両者とも大川への吐き出し近くにある橋の下である。

大島町は、深川の一番南に位置する町屋であった。堀の向こうは新しい埋立地で、幕府の御用地と大名の下屋敷があり、すぐその向こう側は海で、対岸も霞む江戸湾である。

江戸湾から永代橋あたりまでは、川の真水と海の塩水が混ざる河口である。堀川であっても、潮の満ち引きの影響を受けるところであった。

「本所役人の手下は、今どこにいる？」

「そう思いやして、旦那が来るまで番屋に待たせてありやす」

「分かった。すぐに行くから、長八は先に行っててくれ」

「へい」

長八が、霊巌島に向かって走り出した。


「急いで、出かける」

着替えを手伝う音乃に、真之介が言った。

「また殺しがあった」

「何ですって？　今度はどなたが……？」

「この殺しも、昨夜《ゆうべ》の話と関わりがあるんじゃねえかと思ってな」

小袖に手を通しながら、長八の話を音乃に聞かせた。

「河奈屋にも、関わりがありそうってことですわね」

音乃の口調は、事件の根幹を河奈屋と決めつけている。

「まだ、河奈屋が関与していると決まったわけじゃねえが、そのことも踏まえて探ってきてくれねえか」

「かしこまりました」

「もし、河奈屋がそんな侍を雇っていたとしたら、そいつはかなりの遣い手だ。あの斬り口はただ者の仕業じゃねえから、くれぐれも気をつけてな」

真之介は、このときふと思っていた。

もしや自分の剣の流派と同じ、神道無心流ではないかと。

――だとすると、おれの知り合いか？

まだ定かではないし、余計なことを言っても音乃を惑わすだけと、ここは黙っておくことにした。

「敵を騙すなら徹底して騙さねばならぬと、兵法の著者である孫武は言っております。露見でもしましたら、この計略は水の泡ですからそこは充分に気をつけます」

「おれと、音乃しか知らんことにしねえとな」

「それと、お義父さまとお義母さまには知っておいていただかないと、動きづらくなります」

ことを成す上で、誰を味方にするかも重要である。

「きょうにでも、両親《ふたり》には話しておくつもりだ」

真之介が動き出したと同時に、朝五ツを報せる鐘の音が聞こえてきた。


真之介が家を飛び出し、霊巌島へと向かった半刻後。

音乃は、家事のあと片づけを済ませ、出かける仕度をした。娘のときに着ていた、花柄小紋の振袖を桐の箪笥から引っ張り出し、身に纏った。頭の形を少し変え、一見は商家の大店の娘である。

「……まんざらではないわね」

お嬢さまにも見紛《みまご》うと、鏡に映った自分の姿に音乃はうっとりとする。

鉄漿をしていなくてよかったと、改めて音乃は思った。

外に出るには、丈一郎と律に断りを言わなくてはならない。事件のことは、まだ義理の両親には話していない。真之介がきょうにも話すと言っていた。

嫁いでから嘘一つ吐《つ》いていない音乃は気が咎めるも、ここは方便《ほうべん》を使うことにした。しかし、いざ身内に嘘を吐くとなると、なかなか難しいものだ。剣術の稽古は二日前に行ったばかりだし、お針の稽古にはまだ時限が早い。しかも娘姿の振袖だ。ここは、真之介の用事としておくことにした。

「真之介さまから頼まれまして……」

あながち嘘ではない。

「おっ、お奉行所のほうに……」

「いいから行ってきなさい」

音乃が言葉を嚙んだ。

用件を言おうとしたところで、丈一郎から言葉が返った。

「少々遅くなるかもしれませんが……」

「わたしらのことは、自分でやりますからいってらっしゃい」

律の返事であった。

案ずるより産むが易しというが、あまりにもあっさりとした返事に、音乃は義理の両親からどう思われているのか、むしろ不安に思うほどであった。

「それでは、行ってまいります」

い。

「気をつけてのう」

近所の人に見られないか、気を配って役宅をあとにする。幸い、あたりに人影はない。

「……今後、このような格好で家を出るときは、考えなくてはいけない」

今日のところは仕方がないと、音乃は気を使った。

音乃が去ったあとの、丈一郎と律の会話があった。

「音乃の嘘はすぐに分かるな」

「お芝居でも、観にいくのかしら。あんなに若い格好をして……」

「いや、何かわけでもあるのだろう。それにしても、十六くらいにも見えたぞ」

丈一郎は音乃の虚言を見抜くも、黙って見守ることにした。そして義理の父母は、温《ぬる》くなった茶をすすった。

芝口まで歩き、音乃は河奈屋の店先に立った。

ただ店の中を眺めているのでは不審がられるだけで、何も見えてはこない。

東海道に通じる目抜き通り沿いを、南に半町ほど行ったところに甘味処の幟《のぼり》が立っているのを見つけた。

「お汁粉をお願いします」

茶屋の娘に注文を頼む。齢のころは十八ほどに見える娘が、音乃の顔を見てにっこりとした。

「あら、きれいなお嬢さま」

「わたし、いくつに見えますか？」

ちょっと茶屋の娘で試そうと、いきなり問うた。

「そうねえ、ちょっと見は十六くらい。でも、近くで見たら十八過ぎかしら。仕草からして二十《はたち》は越して、言葉の感じは二十三、四……いくつだか、ちっとも分からない」

店の娘は音《ね》を上げた。

「いいわ、そのくらいに見えれば」

言葉がちょっと年増のようだと、音乃は気遣うところを知った。

話しやすそうな、娘である。店には他に客がいないのもありがたい。

「ちょっとお訊きしてよろしいかしら？」

お汁粉を運んできた娘に、音乃が声をかけた。

「はい、なんでしょう？」

「川沿いに河奈屋って油屋さんがありますでしょ？」

「ええ。肥った旦那さんの……」

「あのお店に、若旦那さんておりますの？」

「二人いまして……」

訝しげな娘の顔が向く。怪しまれてはいけないと、音乃の気が張る。

「お二人とも、独り身ですか」

「独り身もいいところ」

娘が、吐き捨てるように言った。その口調から、あまり好いているようには見えない。

「どちらか分かりませんが、わたしに縁談話がきて、それでどんな人か内密に調べにきたのです」

「そうでしたか。でしたら、二十歳になる栄太郎《えいたろう》さんのほうね。弟はまだ十五歳で、これが手をつけられないほどの暴れん坊。大店の次男て、そういう人がけっこう多いのよね。弱い者いじめはするのに、強い人にはへいこらする。まったく、どうしようもない男です」

どこかの男に似ていると、音乃は思った。

「いやですわ、そんな弟がいては。なんという名なのですか?」

「賢次郎《けんじろう》っていうの。けんは賢いって書くけど、ちっとも賢くない……あれ、ちょっと、あそこを通るのが、長男の栄太郎」

窓の外を見やりながら、娘が言った。音乃も急いで立ち上がり、外を見やった。萌黄《もえぎ》色の小袖に、鼠色の羽織を纏っている。見るからに若旦那という、洒落《しゃれ》た身形《みなり》である。

栄太郎という男の顔を見て、茶屋の娘がぷっと吹き出す。

顔は茶色に日焼けして、丸顔である。

「猪《いのしし》みたいでしょ」

団子鼻が上を向き、正面からは鼻の穴の中がよく見えると、娘は言葉を添える。

「近くで見ると、そこから鼻毛が飛び出しているの。ああ、気持ち悪い」

栄太郎という男も、娘たちに好かれる顔ではないようだ。

「とても、お嬢さまとは似合いません。この縁談は、よしたほうがよろしいのでは?」

「男はお顔でないといいます。お人柄は、いかがです?」

「小判で女の人の顔を叩くお方と、以前聞いたことがあります」

「本当ですか？」

「一度だけ、ここのお店に来たことがあるんです。若い女の人を連れて……」

話しながら、娘の福よかな顔が歪みを見せた。

「そのとき、なんて言ったと思います？」

「いいえ……」

分からないと、音乃は首を振る。

「女の人がここに誘ったんでしょうね。そしたら栄太郎の奴『こんな安っぽい店で、あんころ餅が食えるかい。どうせなら老舗の松仙堂《しょうせんどう》に行こうぜ』なんて言って、そのまま出ていったのです」

「ありがとうございます。いいことを聞きました」

「あんな人のお嫁さんになっちゃ、駄目ですよ」

茶屋の娘がお節介を口にした。

笑みを浮かべて、音乃は小さくうなずく。

これで入りやすくなったと、音乃は再び河奈屋の店先に立った。

二

敷居を跨《また》ぎ、音乃は店の中へと入った。

すると、奉公人の顔が一斉に音乃に向いた。声をかけなくても、番頭と手代らしき男が三、四人近づいてきた。

「みんなは、下がっていなさい」

番頭風の男が、ほかの者を下がらせた。男なら、誰でも音乃の前に立ちたいというのがよく分かる。

「栄太郎さんはおられますでしょうか？」

音乃はいきなり訊いた。茶屋で見たとき店とは反対に歩いていったので、いないのは分かっている。

「ただいま出かけておりますが。どちらさまで？」

「先日栄太郎さんに、お世話になった者です。そのお礼をと思いまして……」

「お名だけでもお聞かせいただけませんか？　若旦那に伝えておきますから」

「いえ、けっこうです。またまいりますので、いつごろお帰りでございましょう？」

「ちょっと用足しに行きましたので、四半刻ほどで戻るかと……」

番頭の返事に、音乃を疑う素振りは感じられない。音乃の顔に笑顔が漏れた。

「分かりました。お忙しいところ、ごめんなさいまし」

音乃は、外で栄太郎の帰りを待つことにした。

四半刻と聞いてよかったと、音乃はほっとする。一刻は、待つのを覚悟していたからだ。

先ほどの茶屋で待つのははばかられる。音乃は茶屋を通り越し、さらに南に向かって歩き、四半刻をどう過ごそうかと考えた。

一町も歩いていると、菜種油を小売りする油屋があった。

「もしや……」

音乃は暖簾越しに、中をのぞいて見た。すると、萌黄色の小袖に鼠色の羽織を着た男が上り框《かまち》に腰をかけ、主らしき男と何やら話をしている。

「あの男……」

間違いない。音乃は、日除《ひよ》け暖簾の外側に立ち、店の中で話している声を拾った。

「……そんなことで、明日までには必ずお願いしますよ」

「はい、なんとか……」

主のほうが、平謝りをしているようだ。何があったか分からないが、話が済んだのは音乃にとってありがたかった。

栄太郎が立ち上がると、音乃は日除け暖簾から離れた。

出てきた栄太郎に、音乃が声をかける。

「あら、河奈屋の若旦那。栄太郎さんではございませんか？」

音乃が、栄太郎の正面に立った。

「どちらさんで……？」

と問うも、栄太郎の声音が裏返っている。茶色の顔が、一気にどす黒くなった。鼻の穴もさらに開いて、荒い鼻息が吐き出された。美しい娘がいきなり目の前に現れて話しかけてきたら、大概の男はうろたえる。しかも栄太郎は、女とは縁のなさそうな顔をしている。

「栄太郎さんはご存じなくても、わたしのほうはあなたさまをよく知っております。いつも遠くから見ておりました」

いく分恥じらうような素振りを、音乃は見せた。

「こんなところでばったり会うとは、うれしい……」

はにかむような仕草で、さらに揺さぶりをかける。

「てっ、手前に何か用事ですか？」

「はい。いつか言おうと思ってたのですが……」

「何をです？」

さらに鼻息が荒くなっている。勢いが、音乃の顔にも吹きかかる。

音乃は、ここが大事と我慢する。嫌がる素振りは微塵も見せない。

「おつき合い願いたいと……」

蚊の鳴くような小声であった。

「なんと言ったの？」

「おつき合い、していただけないかと申しました」

言って音乃は、うつむいた。これほどの美人に言い寄られるとは、栄太郎にとっては、生まれて初めてのことであろう。小判を味方にしなければ、女とつき合えない男である。舞い上がりが半分、疑心が半分の心もちとなった。

「つき合いたいと言われても、そりゃありがたいが、名も知らないし……」

「ここではなんです。どこか別の場所で……」

「だったら、うちに来ないかい？」

「いきなり、お家に？」

願ってもない、栄太郎の返事であった。

「急ぎ店に戻らなきゃいけないし、客を待たせているのだ。部屋でちょっと待ってもらうけど、いいかい？」

「はい。最初から、お宅にうかがえるなんて、でも……」

「手前も忙しくて、家に来てもらわないとな」

「それでは……」

分かりましたと、音乃は小さくうなずいて見せた。

「さあ、行こうじゃないか」

音乃の背中に手を回し、栄太郎は軽く体を押した。

こんなにも早く、母家の中に入れるとは思わなかった。

店ではなく、裏から母家へと入る。大店だけあって、かなり大きく立派な造りである。

戸口の三和土《たたき》も広く取られている。式台の前に、鼻緒に金糸で龍の刺繍《ししゅう》が施された男物の雪駄《せった》が一足そろえられてあった。身分の高い武家が好みそうな雪駄で、どうやら来客のもののようである。

栄太郎のうしろについて、廊下を歩く。

三百五十石取りの実家も広いと思うが、その倍もあろうかという敷地である。広い庭も職人の手が入り、一本一本の庭木がきれいに剪定《せんてい》されている。どこからか、鹿威《ししおど》しの乾いた音が聞こえてきた。風流を愛《め》でるものだろうが、音乃は耳に触ってその音が嫌いであった。

中ほどに、瓢簞《ひょうたん》型の池があった。くびれたところに、欄干が朱赤で塗られた太鼓橋が架かっている。水面に、色彩鮮やかな錦鯉の背びれが見え隠れする。

「……高そうな鯉」

庭だけを見ても、かなりの金満家に思える。

榑縁《くれえん》の長い廊下であった。

——うっかりすると、迷っちゃいそう。

腰高障子が閉まった、いくつかの部屋の前を通り過ぎる。どこまで行くのかと、音乃が思ったところで、中から男の話し声が聞こえてきた。その部屋から三間《ま》過ぎたところで、聞き取ろうと思っても、立ち止まることはできない。栄太郎は止まった。

腰高障子を開けて、音乃を中へと入れる。

「四半刻ほど、ここで待っててくれないか。自分の部屋なんで、誰も来ないから安心していてくれ。ちょっと、店に行ってくる」

「分かりました」

廊下を歩いていく栄太郎の背中を、音乃は障子の陰から目で追った。

「……向こうがお店か」

八畳ある栄太郎の部屋を、音乃は見回した。

何もない、殺風景な部屋である。ここが、大店の長男の部屋かと疑うくらいであった。

おかしいと思い、隣の部屋の襖をあけてそっとのぞいた。そこが栄太郎の生活をする部屋のようだ。音乃は誰もいない部屋に足を入れた。

「汚い、お部屋」

部屋の真ん中に、万年床《どこ》が敷きっぱなしにしてある。その枕元には、黄表紙や滑稽本などが無造作に積まれていた。一番上にある本の表紙に、音乃の目がいった。

「なんていう本を読んでいるのかしら？」

一冊手に取り、題名を読んだ。『艶恋情変化秘事指南』と書かれてあり、音乃は放り投げるように元へと戻そうとしたところで、その下にあった別の小冊子に目がいった。

「あっ、これは……」

人さまのものを盗んではいけないと、教えられていた音乃であったが、

「ちょっと、お借りします」

あとから返せば神仏も許すと自分に訴え冊子を懐にしまった。

四半刻ほど、栄太郎は戻らないと言っていた。

「ここにじっとしてたのでは、なんのために来たのかわからない」

家の中を探るには、それだけあれば充分である。栄太郎が戻らぬうちにと、音乃はさっそく動いた。

長い廊下の左右に人の気配がなく、音乃は廊下へと出た。

三間《ま》先から話し声が聞こえていた。音乃は、その部屋を目指した。

「……この部屋か」

中から声がする。立ち止まって耳を傾けるも、何を話しているかは分からない。

「いけない」

廊下を曲がる、女中の姿を目にした。盆に湯呑が二個載っている。音乃は、咄嗟《とっさ》に隣の部屋へと身を隠した。三方が襖で、部屋同士がつながっている。無人の部屋で、音乃はほっと安堵するする間もなく隣の部屋に耳を傾けた。

「……だけでは足りぬ。もう少し都合をつけてくれんかな」

音乃が耳にしたのは、このあたりからであった。何が足りないのか、むろん音乃には分からない。

「ならば、いかほど……？」

と、言葉の返しがあったところ、

「大旦那さま、お茶をおもちしました」

女の声が聞こえる。

「いいから中に置いて、すぐに下がりなさい」

河奈屋の大旦那の声を、音乃は初めて聞いた。

「あと、三百両ほど都合つけてくれぬかな」

「きのうのものと合わせて四百両ですか。礼金は、五百両ということになってますので、それは無事に組合長になってからとお約束をしていたはずですが」

「きのうの夜、勘定奉行が直々にまいっての、五百両都合つけてくれと言うのだ。手元にはきのうもらった百両と、もち金百両しかなくてな……どうにかならんか、河奈屋」

武家が、河奈屋に金の無心をしている。話の中に勘定奉行とあって、音乃の胸の動悸が高鳴った。さらに、武家のほうの話がつづく。

「わしがいなくては、この企ては立てられなかったのだぞ。三枡屋の娘を……」

三枡屋の娘と聞いて、さらに音乃の動悸は半鐘の擦《す》り半《はん》のように早くなった。

「坂上様、それ以上は。どこに耳があるかしれませんのですぞ」

どこかで聞き覚えのある名だが、音乃の頭の中は混乱をきたしている。すぐには思い出せない名であった。

「すまん、ちょっとばかり気が立ってな。だから、その三百両があれば、畳《たたみ》奉行に抜《ばっ》擢《てき》してくれるというのだ。これまでずいぶんとつぎ込んで、ようやくここまで来たのだ。この機会を逃したら、わしはおぬしを怨むぞ」

「分かりました。残りの四百両は今出しますので、二度とここには来ないでくださいませんか。もう、知らぬ者同士にしませんと……奉行所もこちらを睨んでいるようですし」

「なんと、奉行所がか？」

「北町奉行所には、閻魔と呼ばれる名うての町方役人がおりまして、それに目をつけられると非常に厄介なことになると、用心棒の芹沢さまが言ってました」

「芹沢がか。あ奴は元奉行所の役人だったから、そのあたりのことは詳しかろう。よし、分かった。四百両もらったら、わしはもうここには来ない」

「少々お待ちを。隣の部屋に……」

音乃は慌てて廊下へと出た。

ここまで聞けば、もういい。おそらく栄太郎からは何も得られないだろう。音乃は部屋に戻らず、戸口へと向かった。

三

河奈屋から出た音乃は、しばらくもの陰で坂上という武士が出てくるのを待った。四百両を受け取れば、すぐに出てくるものと音乃は思っている。案の定、坂上は待たずに出てきた。

黒羽二重に深編み笠を被った武士の足元は、黒足袋に龍の鼻緒の雪駄履きである。供侍はなく、城に登《のぼ》る以外は、一人で出かけるのが坂上の常であった。

「……あれで、旗本なのかしら？」

呟きながら、音乃は十間ほど離れてあとを尾けた。

芝口から汐留橋を渡り、しばらく新堀沿いを歩いて築地へと道を折れる。

音乃の実家に向かう道であった。実家の一つ東側の道を北に向かって歩いていく。

「このまま行けば軽子橋……あっ」

軽子橋と口にし、音乃の脳裏にはっきりとよみがえったことがあった。

それは、真之介とのやり取りの中にあった。

「――十日ほど、行儀見習いで軽子橋近くの旗本坂上数馬様のところに……」

お富は行っているはずだった。

真之介が、坂上に聞き込んでいる。

「――坂上様の話では、行儀見習いを頼まれてやったのに来やしねえと憤慨してた」

行ってはいないのではない。行っていて、殺されたのに違いない。

「なんということを」

唇を嚙みしめ、音乃は苦渋の呟きを漏らした。

「お富ちゃん、仇《かたき》を取ってあげるからね」

込み上げてくる思いを、音乃は口に出した。

やがて、長屋門のある旗本屋敷の中に坂上は入っていった。

真之介に話すことが、山ほどできた。

「……真之介さまは今、どこにいるのかしら？」

一ときも早く真之介に会いたい。門番のいない長屋門を見ながら、音乃は呟いた。


そのころ真之介も、音乃のことを思っていた。

「音乃のほうは、どうなったか……」

真之介も、音乃に会いたかった。

「それにしても、驚いたな」

歩きながら今朝方のことを思い出して、真之介の口から独り言が漏れた。

今朝役宅を出て、霊巌島は南新堀町の番屋に行くと、本所方役人手下の目明しが一人待っていた。

「――ご苦労だったな」

目明しにまずは労いを言った。

「本所方は佐久間《さくま》さまにお世話になってやす、作造《さくぞう》って言いやす。お見知りおきを」

「おれは、巽真之介。北町奉行所……」

「お名は存じておりやす。閻魔の二つ名は、本所深川にも届いておりやすぜ。お会いできてありがてえこってす」

作造の、丁重な初対面の挨拶に、真之介は好感をもった。

「ところで、あらかたは長八から聞いたが……」

「へえ、長八親分が言ったと思いやすが、豊海橋《こ こ》と大島橋《む こ う》での殺しがよく似てやして……」

「そんなんで、待っててもらったんだ。それで、仏さんの身元は分かったのかい？」

「それが、昔船頭だった男で、留吉という名だったことが知れやした」

「所持してたものが何もねえってのに、よく分かったな」

「へえ。消すに消せねえものを、二の腕に彫ってやしたから」

「松に鶴か？」

「えっ!? よくお分かりで。三年前まで深川の『川沖《かわおき》』という船宿で猪牙舟の船頭をしてやして、素行が悪いの悪くねえの、喧嘩が元で石川島《いしかわじま》の人足寄せ場に二年ほど送られたそうで。そこを出てからは、深川に戻ってきてはいねえ。そんなんで、大川を渡って来た次第《しでえ》です」

「作造親分、その川沖って船宿に案内してくれねえか？」

「ようござんすとも。ですが、もう聞き込みに行って調べてありやすが、そこからは何も出てきやせんでした」

「そうだとは思うが、別にちょっと知りてえことがあるんで」

「でしたら、案内しやしょう」

真之介と長八、そして作造は、飛び出すように番屋を出ると永代橋を渡った。

作造の案内で、川沖という船宿はすぐに知れた。

船着場の桟橋に、船頭が四人座って煙草を燻《くゆ》らせている。客待ちをしている間の手慰みか、丼《どんぶり》鉢《ばち》の中に賽子《さいころ》を三つ放り投げて一喜一憂している。それぞれの膝元には、文銭が散らばっている。

「ちょっと聴きてえんだが……」

真之介が、船頭の背中に声をかけた。四人が一斉に丼鉢から目を離し、顔を上げた。

「いけねえ」

博奕《ばくち》はご法度である。そこに二人の目明しと、町方同心が立っていたのだから慌てるのは無理もない。

「そんな御用で来たんじゃねえんだ」

町方同心の格好をした真之介の言葉に、四人はほっと安堵するも、真ん中に置く丼鉢を背中に隠した。

ここからの聞き役は真之介である。

「おめえら、留吉って知ってるか？」

「この中で知っているのは、おれだけで。喧嘩っ早くて、手に負えねえ奴でした。なんですか、殺されたって。あれ、そこにいるのはきのう聞き込みに来た親分じゃねえですか。みんな話しやしたけど……」

「聞きてえのは、おれだ」

真之介が、船頭の話を遮った。

「留吉の、船頭としての腕はどうだった？」

「そいつはてえしたもんだった。人ってのは誰だって何か一つは取り得があるといいやすが、留吉に限っては舟の扱いでやしょう。このあたりの川は潮の満ち干で、流れが変わりやすが、川が逆流しても屁でもありやせんでしたぜ」

「逆流って？」

真之介が、身を乗り出すように訊いた。

「大川もこのあたりまで来れば、普段は川の流れはほとんど感じやせん。川が動くのは潮の満ち干で、満潮ともなれば海水は一気に増えやす。江戸湾の海水が川の水を押し上げて、上流に向かって流れ……」

「そうか。なんとなく、読めてきたぜ。それで、一昨日《おととい》の満潮はいつごろだった？」

「満潮は宵の五ツごろかと……」

――するってえと、正次郎の骸《むくろ》を捨てたのは下流でってことか。場所は、江戸湾てことも考えられるな。こいつは下手人から聞き出すことにするか。

得心したか、真之介が小さくうなずくそこに、

「たしか留吉って男の名なら……」

もう一人の船頭が口を出した。

「知ってるのか？」

「ここにいた留吉って男とは同じかどうか知りやせんが、芝口にあるなんとかって問屋で、荷卸《におろし》の人足として働いているのがいやしたぜ。あっしも半年前まであのあたりにいて、やたら舟の漕ぎ方がうめえ奴だと思ってやしたから。波がある芝浜《しばはま》沖の海でも、小せえ川舟を扱ってやしたから……」

「おい、その、なんとかって問屋を思い出せねえかい？」

真之介の、穏やかであった眉根が吊り上がる。その顔つきに船頭は、身を仰《の》け反《ぞ》らせて怯えた。

「すまねえ、驚かして。ゆっくりと、思い出してくれ」

真之介の顔が、柔和なものに戻ると同時だった。

「屋号までは知りやせんが、たしか油樽を積んでたところを見やした」

「油樽だと。いいことを聞かせてくれたぜ……それで、充分だ」

真之介の目尻が、さらに下がった。にこりとしたときの表情である。

「ありがとうよ、もういいや。チンチロリンて、丼鉢のつづきをやっててもいいぜ。ただし、できりゃあそういうことは、家の中でやっててもらいてえな」

船頭たちの博奕に、真之介は目を瞑《つむ》ってやった。


すでに留吉の遺体は誰に見送られることもなく、近くの寺に無縁仏として埋められている。作造の話から、遺体を見るまでもなかろうと真之介は深川を去ることにした。留吉殺しの一件は本所方からこちらに任せてもらうことにして、真之介と長八は江戸へと戻る。

「すべては河奈屋かい……うっ」

永代橋の中ほどで、にわかに真之介は頭を抱えた。

「旦那、どうかしたんですかい？」

「ちょっと、頭が。だが、心配することはねえ。こんなものは、すぐに治っちまう」

顔をしかめながら、真之介は言う。

医者の源心はなんでもないと診立てたが、真之介はちょっと間隔が狭くなってきているのが気になっていた。だが、すぐに治るのはいつもと同じだ。頭を三遍振って、痛みが遠のいた。

「もう大丈夫だ」

永代橋を渡りきったところで、長八に向けて言った。

「長八、忙しくなるぜ。おおよそ分かってきたからな」

「下手人がですかい。やはり、油問屋が関わることで？」

「さすが親分、図星だぜ。もう河奈屋が絡んでいることに、間違いねえ」

真之介は、ことあるごとに相手を褒める。そこも、他人から好かれるところであった。

四

昼八ツを報せる鐘が鳴って半刻ほどが過ぎ、日が西に向くころとなった。

「長八。すまねえが芝口に行って、留吉のことをもっと探ってきてくれねえか。ただし、河奈屋には探っているのを知られねえようにな。おれは家にいるから、帰りに寄ってくれ」

「へい、がってんだ」

音乃が戻っていないかと、真之介は長八と別れ八丁堀の役宅に戻ることにした。

このとき真之介は、無性に音乃に会いたいと思っていた。それは、事件の解明だけではなく、何か違った第六感のようなものでもあった。

音乃は戻っていた。

音乃のほうも、真之介が家に戻ってくるのを待ち望んでいた。

「早く戻ってくださって、よかった。夜まで、待ちきれない思いでおりました」

自分たちの部屋に入り、さっそく事件の話となった。

音乃の顔が、いつになく上気している。その表情から、何かつかんできたと真之介は感じていた。

「河奈屋徳三郎というのは、とんでもない悪党のよう……」

いきなりの、音乃の切り出しであった。

憤りが、顔に現れている。きりっと顔が引き締まり、それがなおさら音乃の美貌を際立たせている。

「落ち着いて、順序よく聞かせてくれ」

真之介の言葉に、音乃は気持ちを落ち着ける。

長男の栄太郎に近づき、家の中に潜入できたところから音乃は語りはじめた。

話が進むうち、真之介の体は徐々に迫《せ》り出してくる。

音乃の話の中に、事件に関わる重要な手がかりがある。真之介が思っていた以上の、成果を音乃はもたらした。

真之介が聞き込んできたことと合わせれば、すべての筋書きが見えてくる。あとは、矛盾がないようそれを結びつけるだけだ。

難事件を、たった二日で解きほぐすことができたのだ。今さらながら、真之介は音乃の才を感じないではいられなかった。

「江戸中の役人が束になっても、音乃には敵わねえな」

真之介の口から、大袈裟すぎる褒め言葉が出た。

「それほどまでは……たまたまのことです」

真之介の褒め言葉に、顔を赤くして音乃は首を振った。

「お富を行儀見習いとして受け入れようとしていた、坂上という旗本が絡んでいた件《くだり》には驚いた」

「それと、勘定奉行も……」

「もしかしたら、弥一郎も加わっているかもしれねえな」

「はい。河奈屋は、まるで欲望の巣窟でした」

十手を頬にあて、真之介が考えている。

「ところで音乃……」

「はい……？」

「話の中に出てきた、浪人なのだが。たしか、芹沢って言ってたな」

語りの中でその名を口にしたとき、真之介の表情がにわかに変わったことを音乃は覚えている。

「はい。真之介さまは、そのとき尋常でないお顔をしてました」

「やはり、おれのよく知る男だ。元は定町廻り同心で、おれの同僚であった。神道無心流の道場での剣の腕は、おれとどっこいで競っていた相手だ。だが、二年半ほど前に仕事のしくじりで石川島人足寄せ場……あっ」

話の途中で、真之介が驚く声を発した。

「何かありましたので？」

「ああ。思い当たることがあった。それはあとで話すことにして、その芹沢は人足寄せ場見張り役に回されたのだ。それは、屈辱だったであろう。……なるほど、それでか」

「それでかとは……？」

真之介の呟きが音乃の耳に入り、問い返した。

「今度は、おれの話だ」

留吉殺しの経緯を、音乃に語って聞かせた。ところどころ、うなずきながら音乃は話を聞き終えた。

「殺された留吉と、芹沢という浪人の接点が分かりましたね」

「その裏づけを取るために、長八を芝口まで行かしてる。夕方までには、その報せをもってくるはずだ」

「もうちょっと長く、真之介さまといられるのですね」

「何を言ってる。この先もずっといるじゃねえか」

意味不明の言葉に、真之介は訝しげな顔をして返した。

「そうですよねえ。何を言ってるのかしら、わたし……」

「そんなことはいいやな。話が戻るが、芹沢が正次郎と留吉を殺したのは間違いねえ。

その芹沢が正次郎を斬って舟に乗せ、留吉がそれを漕いで、江戸湾の河口あたりに正次郎を捨てた」

「そのとき、たまたま満ち潮だった」

「川の水が遡《さかのぼ》り……」

「正次郎さんの体は流されて、霊巌島の新堀川に入り……」

「豊海橋の橋脚に引っかかって、一晩を過ごしたってことだ」

二人は交互に口にしながら、筋をまとめた。

「留吉は、口封じで殺されたのだろう」

「そんな図が、はっきりと見えてきましたね」

「三枡屋お富殺しのことは、坂上っていう旗本から聞き出しゃいいことだ」

「坂上が五百両で、河奈屋から請け負ってお富ちゃんを拐したのよね」

「正次郎殺しも、坂上が絡んでいる。なんせ、相対死に見せかけようとしてたのだからな。いや、ちょっと待て……そうかぁ」

真之介の頭の中で、稲妻の光の如くにわかに閃いたことがあった。

「お富は、河奈屋の栄太郎と見合いをして断わっていた」

「何ですって？　どうしてそれを先に……」

言わないのですかと、真之介を詰《なじ》った。

「すまねえ。いろんなことが頭の中に一遍に入ってきて、思い出す隙《ひま》がなかった」

「お富ちゃんが、断ったのですか？　だとすれば、分かる気がする」

「どこで分かる？」

「猪顔はともかく、女を小判でひっ叩《ぱた》くような性格を、きっとお富ちゃんはお利口だから気づいたのでしょ。お茶屋の娘さんから聞いた話だけど」

「三枡屋の、身代乗っ取りも企てていたのかもしれねえな。だが、断られての逆恨みから……」

「これもみんな、河奈屋の利権のため……絶対に、許せない」

「奴らを、一網打尽《いちもうだじん》にしてやらあ」

音乃は顔を引き締め、真之介はまなじりを吊り上げ怒りの形相となった。

――まるで、閻魔さま。

このとき初めて音乃は、真之介の形相は鬼ではなく、閻魔だと思い知った。

おおよその筋書きは分かった。あとは、裏づけをとって乗り込むだけだ。

その前に、真之介はやっておかなくてはいけないことがある。両親に、音乃のことを願い出なくてはならない。

「父上と母上に、頼みがあるのですが……」

真之介は音乃を連れて、両親の部屋を訪れた。丈一郎と律に向けて、二人は並んで平伏した。

「なんだ、改まって二人とも……」

初めて二人が見せる仕草に、丈一郎と律は顔を見合わせて訝しがった。

「実は今、ある事件が起きてまして……」

話の筋を、要約して真之介が語った。大まかに話を聞いたものの、丈一郎が首を傾げている。

「それは、お前の仕事であろう。隠居の身では、手を出すこともできん」

「いえ、そうではなく、音乃と共に事件の解決を図っております」

「音乃とか？　そりゃ、奉行所の仕事で音乃は関わりなかろう」

「いえ、父上。その企ての大方を、拙者と音乃でもってたった二日で読み解きました。今朝も……」

「そうか。なんだか、若作りをしてそそくさと出かけたが、事件のことを探りに出たのだな」

「お芝居見物ではなかったのですねえ」

丈一郎の言葉に、おほほと鉄漿を見せて律が笑った。

「音乃、掌《てのひら》を見せてみろ」

丈一郎が、音乃に顔を向けて言った。

「はっ、はい」

戸惑いながらも、音乃は手の甲を返した。

「やはりのう。こういう掌は、美しい女御に相応《ふさわ》しいものではなかろう。毎夜、木剣を振るっておったのも知っているし、普段の物腰からして武芸を身につけておることぐらい分かる」

「すると、お義父《とう》さまは……」

「ずっと以前から気づいておった。かつては定町廻り同心として、真之介に引けをとらぬほど恐れられていた男だぞ。だが、のぞいて見ていたわけでないから安心いたせ」

「音乃を、どうか江戸のために働かせてやっていただけませんか？」

真之介の嘆願に、丈一郎が答える。

「音乃は真之介の妻である。ならば、わしらがどうこう言うことでもなかろう」

「家事がおろそかになることもございます」

丈一郎の言葉に、音乃が気遣う。

「いや、音乃さん。あたしだってまだまだ老け込んではいられません。家の中はわたしも手伝いますから、どうか真之介を助け、お江戸のお役に立ってちょうだい」

律も、後押しをするという。

「これは、前々から律と話していたのだが、音乃は家の中に納まっている女御ではないと思っていた。わしからも、願う次第だ」

両親に向けて、真之介と音乃が深く頭を下げた。

難解な事件が起きたときという条件で、丈一郎と律の承諾を取りつけたのであった。

五

夕方になって、長八が立ち寄った。

真之介と音乃、そして長八が三角の形で座る。

「留吉は、やはり深川で船頭をしていた男で間違いありやせんでした。どこに行ったか二、三日前から帰ってこねえと、人足仲間が言ってやした。それと、留吉の腕に松に鶴の彫り物があったと……」

「そんだけ分かれば、充分だ。深川で殺されたのは、留吉に間違いねえ」

長八にも、河奈屋で音乃が探ってきたことを聞かせた。

「どえれえ悪党たちでやんすね」

「だろう。こんな奴らは生かしちゃおけねえ。そろって、地獄送りにしてやらあ」

真之介の口から、憤怒の言葉が吐かれた。

「あとは、河奈屋徳三郎をひっ捕らえて白状させるだけだぜ」

「坂上数馬という旗本はどうなさるのです。町奉行所は、旗本屋敷に踏み込めないのでしょ？」

音乃が問うた。

「旗本、御家人を統轄してるのは目付だからな。そっちに任せるより仕方ねえだろ」

「なんだかそれでは、溜飲《りゅういん》が下がりませんね」

音乃が不服そうに言った。

「坂上数馬に切腹の沙汰が下って、お家が断絶になればよしとしねえとな。だが
……」

「何かあるのですか？」

「そうはならねえかもしれねえ。坂上ってのは、勘定奉行から老中へとつながっているからな。体《てい》よく、揉み消されることだって考えられる」

「そうなると、いったい……？」

「河奈屋一人が罪を背負い、それでけりってことだ。お武家たちは、のほほんとしてるだろうよ」

「許せない。それじゃ、お富ちゃんの意趣を返せたとは言えません」

音乃が、唇を嚙みしめ苦渋のこもる声で言った。

「坂上のことは、もう少し考えなきゃいけねえな。河奈屋に踏み込むのは、そいつが決まってからだ。明日にでも、お奉行と相談してみる」

今夜は出かけず、音乃と二人で事件の全貌をまとめ上げようということになった。それを携え、明日の朝、筆頭与力を介して、北町奉行である榊原忠之に目通りを願い出る。

早ければ、明日の夜にも捕り方出動となるはずだ。

真之介はこのとき考えていた。

――芹沢喬四郎《きょうしろう》とも立ち会うことになろう。そのときは、真剣での勝負になるな。

北町奉行所定町廻り同心の、同じ釜のめしを食った男である。どんなに悪党に落ちぶれようと、打ち首獄門にまではさせたくない。自分の手で葬ってやろうと——。

これで、三枡屋の娘お富、泉州屋の次男正次郎、そして船頭留吉殺しの一件は落着となる。

真之介はふーっと一つため息を吐いた。

長八がいなくなり、真之介は外が明るいうちに風呂に浸かった。この日も、源三が沸かしておいてくれた湯である。

その間に音乃は夕餉を作る。今夜は大事な作業になるので、晩酌はお預けだ。倅と一献傾けようと楽しみにしていた丈一郎は、がっかりした様子である。

夕餉を済ませると、自分たちの部屋の真ん中に文机を置いて、真之介と音乃は向かい合って共同の作業へと入った。

暮六ツも過ぎ、外は夜の帳《とばり》が下りた。

互いに意見を出し合いながら、さらに時が過ぎた。その間にも、真之介は筆を動かす。

「分からないことがあるのですが……」

音乃が、書き物をしている真之介に問うた。

「なんだい？」

筆を置き、真之介が頭を上げた。

「二つばかり、よろしいでしょうか？」

「いいよ」

「一つはお富ちゃんが見つかった場所だけど、たしか浜町堀の松平様と堀田様の下屋敷の間に架かる、川口橋の袂っておっしゃっていましたよね」

「ああ、そうだ。音乃は松平と堀田って名をよく覚えていたな」

「それはともかく、なぜにそんなところで？」

「殺されてから、舟で運ばれて来たってことさ。留吉が、櫓《ろ》を漕いでな」

「正次郎さんは、そのとき……？」

「舟なんかに乗ってはいなかっただろうよ。そんときゃ、まるきり別のところにいたはずだ。だから、相対死なんかじゃねえ」

「もしや、坂上の屋敷に閉じ込められていたのでしょうか？」

「なんとも言えねえな」

「それと、もう一つ。お富ちゃんの腕に起請彫を入れたのは誰？」

「おそらく、留吉だろう。正次郎の腕に彫ったのもな。字の形が、よく似てた。それだけでも、相対死でないことが分かるぜ」

自分の腕にも彫り物をしたくらいだ。彫師のやることを見ていれば、名を入れるくらい留吉にだってできるだろうと。

「死んだ人の腕に墨を入れたって、誰も痛がりはしねえしな、針と墨さえあれば簡単なことだ。まあ、誰が彫ったって相対死でねえことが分かれば、それでよしだ」

語りながらも、真之介が筆を進める。

「こんなので、どうだ？」

事件のあらましを、真之介が書き上げた。ちょうど、宵五ツを報せる鐘が鳴ってしばらくしたところであった。

草紙紙《そうしがみ》に細かい字で書いて、十枚ほどにおよぶ。ところどころ、相関図などを入れて、関わりが分かりやすいようにしてある。

音乃は、四半刻ほどをかけ黙って読んだ。

「よくまとまっております。これでしたら、事件の全貌が読み取れます。しかし……」

文章に問題はないが、何かが足りないと音乃の首が傾いだ。

「音乃が首を傾げるのは、無理もねえ。そこに書かれたのは、すべて状況だけでおれたちの勘だからな」

状況の証拠はあっても、物での証拠はない。悪事を暴いたものの、それが実証できる何かが欲しかった。いかんせん、半分は想像である。

「一つでもありさえすれば、そっから否応なしで自白させられるのだが。何かねえかな」

「それなら、とっておきのものがあります」

懐から取り出したのは、栄太郎の部屋からもってきた薄い小冊子であった。

表紙に『心中立起請文綴いろは』と書かれてある。

「どこからもってきた？」

「栄太郎の部屋に置いてありました」

「黙ってもってきたのか？」

「あとで返せばよろしいかと。それより、中をご覧になって」

音乃に言われるままに、真之介は本を開いた。

「起請文の、ひな形本だな……こんな本が世の中にあるのか」

「いろいろなものが出るご時勢。あっても不思議ではございませんでしょ」

丁《ちょう》をめくっていくと、ふと、真之介の手が止まった。

「これだ！」

突然頓狂《とんきょう》な声を出した。

「どうされました？」

「お富のもってた起請文とそっくりの文がある。これをひな形にして書いたんだな」

「やはり、そうでしたか。もってきてよかった」

「なんで、先にこれを出さなかった？」

「話が煮詰まってからと思いまして、このときを待ってました。それと、八丁堀の妻が盗みだなんて……」

「借りてきただけだろ。あとで返せば問題ない」

町方役人の咎めがなくて、音乃のうしろめたさは解消した。

「栄太郎も、この事件に加わっていたのね」

「この事件の筋書きを書いたのは、その栄太郎って奴かもな」

音乃は、上を向いた鼻の穴にもじゃもじゃと生えた鼻毛を思い浮かべた。

「お富ちゃんに縁談を断られた、逆恨みか。あれじゃ、仕方ないわね」

「これ一つあれば自白にもっていくに充分だ」

「それだけでは、まだ少し足りません。この冊子が誰のものかを実証できませんと

「……栄太郎の魂を吹き込んでやりますわ」

「なるほどな。栄太郎のものだという、証しをつけるってのだな」

「そうすれば、有無《うむ》も言えなくなるでしょう」

「それさえそろえば、お奉行と会って……」

真之介が言う最中であった。

「何か聞こえません？」

音乃の言葉で、真之介は耳を澄ませた。

「あれは呼子《よびこ》の音だな。かすかだが、遠くで聞こえる。何かあったな」

言うが早いか、真之介が立ち上がった。

「音乃、出かけるぞ」

「はい」

くつろぐ寝巻きから、真之介はいつもの同心の姿に素早く着替えた。腰に脇差と十手を差し、大刀を手にする。

音乃はその間に『御用』と書かれた、提灯《ちょうちん》に明かりを点す。いつもどおりの、手際の早さであった。

戸口まで見送り、音乃は真之介の背中に切火を打つも、湿気《しけ》ているのか小気味よく火花が出ない。

「お気をつけて……」

口にしたときは、真之介はすでに敷居を跨ぎ家の外にいた。

これが二人の今生《こんじょう》の別れになろうとは、音乃はむろん真之介すら頭の隅にもなかった。


真之介が役宅を出ると、呼子の音ははっきりと西の方角から聞こえてきた。

「八丁堀近くで押し込みかい」

組屋敷から出てきた役人は、真之介一人であった。

「……誰も駆けつけねえんじゃ、呼子の意味をなさねえ」

ぶつぶつ呟きながら、呼子の鳴るほうに急いだ。

南北に八町流れる新堀川を新場橋《しんばばし》で渡ると、そこは本村本町《ほんむらほん》三丁目にあたる。

堀川沿いを、南に半町ほど行ったところで、顔見知りの男を見つけた。

「甚吉《じんきち》親分じゃねえか」

提灯の明かりをあてて顔を見やると、日本橋界隈を当たらせている目明しであった。

甚吉も、真之介が手なずける一人であった。

「巽の旦那。さすが、来ていただけやしたですね」

「呼子を鳴らしたのは、親分かい？」

「あっしと、下っ引きの三次《さんじ》でありまさ」

「何があった？」

「箔屋《はくや》町の金箔屋《きんぱくや》に押し込みが入りやして、家人と奉公人や職人五人を殺して逃げたんでさあ」

「五人もか？　押し込みが入ってからどのくれえが経つ？」

「四半刻ほどですか。黒装束の賊が、家から出るのを見かけた者からの知らせで駆けつけたんですが……現場はてえへんな修羅場でありやした」

甚吉につづけて、三次が言う。

「さかんに呼子を吹いて、助《すけ》を呼んだのですが、駆けつけてきたのは、同心では旦那だけでやした。捕り手が現場に集まってやすぜ」

「四半刻じゃ、どこか遠くに逃げちまってやがるな。現場に、案内してくれねえか」

現場に行けば、下手人の手がかりが残っているかと甚吉を先に歩かせた。

箔打ち職人が多く住む町である。

五代将軍綱吉《つなよし》の時代、そこに金箔類などの製造販売を一手に仕切る『箔座』があった。その後箔座は廃止となり金箔は金座、銀箔は銀座に権限が移されたが、金を薄く延ばす製造は箔屋町の金箔屋に委《ゆだ》ねられていた。

金を扱い、押し込みにも狙われやすい。だが、幕府の統制下なので管理も厳重であったのだが、警備の隙をついて押し込んだのであろう。

「そんなところに押し込むなんて、不敵な野郎どもだな。もしや……？」

難を逃れ、生き残った者が三人ほどいた。賊は五人組だったという。黒装束で、盗人被りをしていたので、賊の人相は分からない。だが、そのうちの一人の言葉に尾張《おわり》の訛《なま》りがあったという。難を逃れた職人の一人が、尾張の生まれであったことからそれが知れた。

「あの野郎、また出てきやがったか」

「旦那は、下手人が分かりますので？」

真之介の独り言に、目明しの甚吉が応じた。

「ああ。金だとか銀だとか、昔からお宝だけを欲しがる夜盗でな。頭目の名は鯱《しゃち》の五郎左《ごろうざ》といってな、金の鯱《しゃちほこ》を洒落《しゃれ》てやがる。尾張と江戸を行ったり来たりしてる盗賊の一味だ。もし、そうだとしたら、このぐれえのことはやりかねねえ凶暴さをもってる」

殺しの現場を見やりながら、真之介は言った。

「なんで今まで捕まらなかったのです？」

「押し入るときの仕掛けが巧妙なのと、仕事を終えたらさっさと国に帰っちまう。陸路ではなく、舟を使うのも奴らの手口だ。今ごろはもう、江戸湾に浮いてる船の中だろ」

一味を捕らえるに、真之介はあきらめの境地となった。

六

捕り手たちにあとの処理を任せた真之介は、金箔屋の外へと出た。

提灯で足もとを照らし、賊の足跡を探した。すると一際深い、数人の足跡が地面に刻まれていた。

「これは、駆け足で逃げたものだぜ」

「旦那、こっちに向かってやすぜ」

「おかしいな？」

真之介は、足跡を見て首を傾げた。八丁堀の堀川には向いていない。水路で江戸湾に出るには、遠回りになる。おかしいと思いながらも、真之介と甚吉は足跡を辿った。

足跡は、北に向かっている。真っ直ぐ行けば日本橋川にあたる。

「そこに、舟を着けていたのか」

真之介は首を振った。陸路での逃げ道が遠くなる。水路で逃げるなら、やはり箔屋町から近い、八丁堀が常道である。江戸湾も、近いし。

箔屋町から三町ほど来た、左内《さない》町の路地で足跡が消えている。

「おい、ここに入ったみてえだぞ」

真之介が、小声で甚吉に話しかけた。

そこは、店を閉じたしもた屋であった。だが、閉まる大戸の隙間から、明かりが漏れている。

「ここは誰も住んでねえ、空き家なんですがねえ」

土地に詳しい、甚吉が言った。

「今は、夜盗の隠れ家ってことか」

月の明かりに照らされた建物を眺めながら、真之介が言った。

二百坪ほどの敷地が、板塀で囲まれている。真之介と甚吉は、裏に回った。板塀の切戸を押すと、難なく開く。

提灯の明かりを吹き消し、中へと入ったそのとき——。

母家の戸口を開けて、外に出てきた五人の影があった。みな小袖を着流し、一見は遊び人風の姿であった。

踏み込む手間が省けたと、真之介は十手を腰から抜いて待ちかまえた。

その中で、一際貫禄を見せる者がいる。一人だけ羽織を纏った、四十前後の商人の形《なり》をした男であった。

「それじゃ、行こうきゃの」

尾張訛りがあるところは、鯱の五郎左と知れる。

右側がいく分欠けた月の明かりは、相手を倒すのに充分である。

真之介は、庭の広さを目で測った。戦うに、広い敷地であった。

五人が敷石を踏んで、切戸のほうに向かってきた。

「ここは、通さねえぜ」

真之介が五人の前に立ち塞がった。うしろで甚吉が十手を構えて立っている。

「親分は、切戸の前に立っててくれ。誰一人、逃がすんじゃねえぜ」

「がってんだ」

このような者を相手にするのに、助けなどいらないと、賊の五人には真之介一人が立ち向かう。

「鯱の五郎左だな?」

「わしの名を知ってるなんて、なんでやの?」

「悪党の名は、全部知ってるぜ。なんせおれは、地獄の閻魔の使いだからな。金箔屋の五人を殺したのは、てめえらだな?」

真之介の顔は、すでに閻魔の形相と化している。

「なぜにここがわかったの?」

「早逃げするなら、足跡ぐれえ消しときな。金箔屋に押し入り、五人を殺害した廉《かど》だ。てめえらを地獄に送り込んでやる」

真之介の啖呵《たんか》に、五郎左がいきり立った。

「かまわねえから、殺《や》っちめえ」

顔面を真っ赤にして、五郎左が手下四人をけしかけた。みな懐に匕首を忍ばせていた。一斉に鞘から抜いて、身構えた。

頭目の五郎左だけ、大刀を抜いて構える。

真之介の同心としての極めは、生け捕りである。棒身一尺三寸の長十手の先を、相手に向けて対峙した。

真之介は十手の扱いにも長《た》けている。一角《いっかく》流十手術の達人でもあった。

「何してるんや。早いとこやっちまえ」

真之介を倒さなくては、外に出られないと知った五郎左が、激しく手下を叱咤する。

それでも、真之介に怯えているか、みな腰が引けている。

「こんなことをしてても、時の無駄だ。こっちから行くぜ」

十手の房を振り回し、真之介から打ちかかっていった。匕首が得物では、真之介に敵うはずがない。匕首の刃がへし折られたり、弾き飛ばされたりと、寸時のうちに四人の手から匕首はなくなっていた。同時に、みな体のどこかを棒身で打たれ地べたに這いつくばっている。

「親分、こいつらに縄を……」

「がってんだ」

手足を縛るくらいの短い紐は、いつも数本携えている。甚吉の手には、ちょうど四本あった。

残るは五郎左一人である。

十手一本で、五郎左の構えと対峙する。真之介は十手の先を向けたところで、

「うりゃー」

掛け声もろとも、五郎左が袈裟懸けに斬り込んできた。

一太刀を棒身で払うと、間髪容れずに二の太刀が上段から振り下ろされた。

さすが頭《かしら》だけあって、手下よりは遥かに手強い。

真之介は額三寸のところで、相手の物打ちを鉤《かぎ》で受け止めた。ここで十手に捻りを加えれば、刀は真っ二つに折れるはずだ。

真之介が十手を捻ろうと、腕に力を加えたそのとき——。

「うっ」

しかめ面をして、真之介の腕から力が抜けた。

間《ま》が悪いことに、いつもより激しい頭痛の発作が、真之介を襲ったのだ。

十手を地べたに落とし、頭を抱えたその直後——。

頭痛にも増して、激しい痛みを真之介は脇腹に感じた。真っ赤になった焼き鏝《ごて》を腹にくっつけられたような激痛は、頭の痛みどころではない。

真之介が脇腹に手をあてると、べったりと血糊がついている。五郎左は、とどめを打つか上段から斬り込んできた。

真之介に、相手の刀をかわすくらいの余力は残っていた。五寸ほどの間合いで切先をかわすと、真之介は刀の柄に手をかけた。

斬り損ねて踏鞴《たたら》を踏む五郎左に向け、渾身の力を振り絞ると、居合で一太刀を振るった。

人を斬る手応えを感じると倒れそうな足を踏ん張り、真之介は仁王立ちとなった。

五郎左の体から噴き出た返り血を、真之介はもろに被る。

その姿は、まさに鬼の閻魔の化身であった。

やがて力尽きた真之介は、地面へと沈んだ。

「だっ、旦那……しっかりしてくだせえ」

甚吉の呼び叫ぶ声が、真之介の耳にかすかに聞こえる。

「じっ、じんきち……捕り手を呼んで、ここの始末は……」

「かしこまりやしたから、しっかり……」

「いや……おれはもう……おっ、音乃にあとは任せたと伝えてくれ」

「お内儀さまですね？」

「ああ……そう……だ」

声にもならぬ声を発しあっけなく、本当にあっけなく真之介は二十五歳の生涯を閉じた。

それから四半刻後。

悲報は甚吉によって、音乃のもとにもたらされた。

「おっつけ、旦那は戻ってまいりますので……」

まずは報せと、甚吉が先立って来た。それから間もなくして、戸板に載せられて真之介が戻ってきた。しかし、二度と瞼《まぶた》を開けぬ変わり果てた姿となって。

嗚咽《おえつ》を漏らすも、音乃の目から涙はなかった。その脇で号泣しているのは、母親の律であった。

父親の丈一郎は目を瞑り、口をへの字に曲げて肩を震わせている。取り乱さないのが武士としてのたしなみと、激情を抑えていた。

「だっ、旦那……」

目明しの中でも、真之介とは一番親しかった長八が駆けつけてきた。

「いってえ、何があったんです？　捕り物なら、なんであっしを呼んでくれねえ」

目明し長八の家は、日本橋とは反対の方向にある。

「長八親分を呼ぶ暇もなく、真之介さまは飛び出していったの。声をかけなくて、ごめんなさい」

気丈にも、音乃が答えた。

「お内儀さん。なんで、こんなとき気丈でいられるんでやす？」

鼻をすすりながら、長八が訊いた。

「閻魔の女房が、こんなときに泣いていてどうするのです。そりゃ、わたしだって辛い。でもね、真之介さまはけしてあたしが泣くところを見たいとは思わないでしょ。それよりか、あとを頼むとかなんとか、今ごろどこかで言ってるはずです」

音乃は強がるも、本当なら他人目《ひとめ》をはばからず泣き叫びたいのだと、誰しも感じていた。

音乃の言葉を聞いて驚いたのは、甚吉であった。

「旦那が今際《いまわ》の際《きわ》でおっしゃってたのは、まさにそのことです。『音乃にあとは任せたと伝えてくれ』と。それが、最期のお言葉でした」

「そうでしたか。あとは任せたと……」

音乃は、はっきりと真之介の遺言を受け取った。

――閻魔の女房になりきるから、真之介さまどうぞ安心してください。

天にではなく、音乃は地のほうに顔を向けた。

「……地獄の閻魔様が、お仲間をお待ちかねよ」

呟きが、音乃の口から漏れた。

真之介の遺体を部屋に安置し、音乃は気持ちにいく分の余裕ができた。

「真之介さまともあろうお方が、どうして盗賊なんかの刃に……？」

音乃が甚吉に問うた。

「それが、十手でもう一打ちといったところで、どういうわけか旦那が頭を抱えて、苦しみ出したのでさあ」

「えっ、頭を抱えたですって？」

肝心なところで、頭痛の発作を起こしたことを知った。

頭痛を甘く見ていたと、音乃は苦悶の表情となった。悔みが重く心にのしかかる。

自分がもう少し気遣っていたらと、胸が張り裂ける気持ちに苛まれた。それと同時に、にわかに込み上げてくる悔恨の激情が爆発した。

「ごめんなさい、真之介さま……」

真之介の眠る蒲団につっ伏し、号泣する音乃の声は八丁堀の夜空に轟くようであった。

七

葬儀を済ませ、三日も過ぎると音乃の気持ちはかなり落ち着いてきた。

「いつまでもしょげていては叱られる」

真之介の、音乃への遺言は『あとを任せた』とのことである。

その日の朝、音乃は義理の両親である丈一郎と律に、手をついて願い出た。

「真之介さまのあとを継がせてください」

「あとを継ぐって、町方同心をか？　気持ちはありがたいが、いくらなんでもそれは無理であろう」

丈一郎は拒むものの、聞く耳はもった。

「定町廻り同心になれるとは思っておりません。ですが、閻魔の女房としてならばわたくしにでもできるはずです。真之介さまは、今際の際におっしゃっていたそうです。あとは音乃に任すと。それがどう意味なのか、わたくしには分かります」

「今の事件のことか？」

「はい。たとえ一人になっても、やり通したいのです。亡くなったあの夜、真之介さまが出かける間際まで、二人してずっとこれを作っておりました」

　音乃は、束ねた草紙を丈一郎の前に差し出した。

　十枚ほどに綴った文を、丈一郎は黙って読む。二枚目から三枚目に移るあたりから、丈一郎の顔が真剣みを帯びてくるのを音乃は感じた。五枚目あたりからは、顔を赤く上気させ書き付けを読み耽る。

　音乃は黙って、読み終わるのを待った。

　やがて十枚目までを読んだ丈一郎は、ふーっと大きくため息を吐いた。

「ここまで調べてあったのか」

「はい。ですが、半分はこちらの勘でもあります。あとは、確たる証しをつかみ、当人たちからお聴きになればよろしいかと」

「いや、これだけ状況がそろえば充分だ。お奉行のところにもっていけば、すぐに捕り方の出動となろう」

「真之介さまは、翌日にも召し捕る手はずでおりました。あれから、すでに五日が経っております」

「ならば、なぜにすぐ奉行所にこれを出さなかった？　いくら悲しみに打ちひしがれていたとしても、そのくらいの気丈さはあったはずだ。音乃らしくないな」

「お義父さま。お言葉を返すようで申しわけございません。先ほども申したとおり、これは真之介さまの遺言でございます。真之介さまの代わりとなって、わたくしがあとを任されました。何とぞ、この事件に最後まで携わらせてくださいませ」

音乃は、畳に額をつけて懇願をする。

「携わせろと言っても、音乃はどうするというのだ？」

「まだ、詰めが残っています。相手の懐に入り込み、申し開きができないほどの証しをつかんでまいります」

「その手はずを聞こうではないか」

身を乗り出して言う丈一郎に、音乃は真之介の面影をみる思いであった。

「真之介さまと一緒に考えたことなのですが……」

音乃は、もう一押しの手はずを語った。それには、奉行所との連携が必要となってくる。

「……たしか、今月の月番は北町だったな」

北町奉行所なら、顔が利く。小さくうなずきながら、丈一郎が呟いた。

急ぎ使いを出すと、奉行はすでに下城しているとのことだった。

「よし、急ごう。音乃、これからわしと一緒に奉行所に行くから仕度をしなさい。律、羽織と袴を出してくれ」

「かしこまりました」

嫁と姑の声が、同時に返った。


それから二刻後の昼九ツ半過ぎ、目通りの願いを奉行は快く応じてくれた。

丈一郎と音乃は、榊原忠之を前に並んで座った。

目通りを取りもってくれた与力の梶村《かじむら》が、奉行と二人の間を仕切る、相撲の行事のような形で座っている。

真之介の弔いにも、榊原は忙しい身でありながら駆けつけてくれた。これは、命を落としてまで極悪人を捕らえたという、褒賞の意味もあった。

榊原忠之は明和《めいわ》三年の生まれで、北町奉行に就任したのは五十四歳になった文政二年であったから、かなり遅い町奉行への昇進であった。

その深く刻まれた皺を目にするのは、音乃はこれで三度目となる。

「先だっては、過分のお心遣いをいただきありがとうございました」

「いや、そんな礼はよい。それよりも、少しは落ち着いたか？」

丈一郎に言葉を返し、榊原の顔は音乃に向いた。

「こんな美しい女御を後家にするとは、真之介も罪深い男よのう。だから、地獄に落ちた閻魔と呼ばれたのか」

音乃の気持ちを解きほぐすように、榊原は戯言《ざれごと》を言った。真之介の『閻魔』の二つ名は、奉行にも知れ渡っていた。

「金箔屋の押し込みを、一人で捕らえたのはさすがであったな。あのときのすさまじい活躍は、奉行所の誇りであり後《のち》にも語り継がれるであろう。この奉行、改めて悔やみを言わせてもらう」

「ありがとうございます。夫も今ごろは、地獄の底で悪人どもの裁きをつけていることでしょう」

「地獄の奉行とな……ふふふ」

音乃の語りに、榊原は小さく声を立てて笑った。

「さて、こたびお奉行さまにお目通りさせていただきましたのは……あとは、音乃から申し上げなさい」

丈一郎が本題に話を切り替え、後は音乃に譲ることにした。

「かしこまりました」

音乃は、榊原に向けて平伏すると顔を上げ、皺顔を見つめて切り出す。

「お奉行さま、夫が待つ地獄に送り込みたき者たちがおります」

戯言にも聞こえそうだが、音乃の顔は真剣である。

「なんだと、地獄へとか？　話しなさい」

「まずは、これをお読みいただきたいのですが」

音乃は、十枚の綴りを与力である梶村の前に差し出した。予《あらかじ》め、梶村にも読んでもらっている。

「お奉行、ぜひお読みくだされ」

梶村の手で、奉行に手渡された。

「ずいぶんと、細かい字だな。どれ……」

榊原は袖の袂から、眼鏡なるものを取り出した。

「これがないと、よく字が見えんでの」

眼鏡の紐を耳にかけ、綴りを読みはじめた。読み進むにつれて丈一郎のように表情が変化する。やがて読み終わると眼鏡を外し、顔を音乃に向けた。

「これが真《まこと》であれば、大変な事件であるな。図には勘定奉行とまで書かれてあるではないか」

「はい。ですが、どのあたりまで絡んでいるかは、まだ不明なところです」

「八百石取りの旗本は、首謀者の一人であるな」

「そのお旗本が、一番卑怯者のようです」

音乃の語調に、憤りがこもる。

「梶村。当方では河奈屋を捕らえ、坂上という旗本へは、目付の出動を乞おうではないか」

町奉行所では、武家には手を出せない。

「御意」

奉行の言葉に、与力が大きくうなずいた。

「少々お待ち願えませんでしょうか？」

音乃が引き止める。

「これではまだ一つ証しが足りないと思われます。わたくしが河奈屋にもう一度乗り込み、有無を言わせぬほどの証しを立ててまいります。何とぞご出動は、その後にしていただきとう存じます」

「なるほどの。しかし、これだけあれば、自白をさせられると思うがの」

「惚《とぼ》けられたら、厄介になります。ちょっと、細工を仕掛ければ、自白させる手間も省けるかと。それは、わたくしにしかできないことと……」

「音乃しかできないこと……。冊子に栄太郎の魂を吹き込むとか、書かれてあるな。なんとなく読めてきたぞ、その企てが。なるほどのう、べっぴんだからこそ為せる技か」

「お奉行は得心されたのですか？」

「ああ、梶村。音乃の優れているのは容姿だけではないぞ。智略にも長けているのだ」

「音乃は剣術、薙刀、柔術などの武芸にも秀でております。その腕前は、真之介も認めておりました」

丈一郎が口をはさんだ。

「左様であるか。それが真《まこと》なら、江戸広しといえどこれほどの女御はそうはおるまい」

真之介からも、以前同じようなことを言われたのを、音乃は思い出した。

北町奉行の榊原が、手放しで音乃を褒め上げる。その真意が丈一郎にも分かる気がして、小さくうなずきを見せた。

まずは、河奈屋に独りで乗り込むことになった。

一刻あれば、音乃は証しをつかめると言う。そのあとに、捕り手が出動し河奈屋徳三郎と長男栄太郎、そして用心棒の芹沢喬四郎を捕らえる。

「ならば、心してかかれよ」

北町奉行榊原の一言があり、手はずが奉行所との間でき上がった。

芹沢は、真之介に匹敵するほどの剣の遣い手である。捕り物で、気をつけなくてはならないのはそこだけだと、音乃は言葉でつけ加えた。

このときはまだ、音乃は芹沢と対峙することになろうとは夢にも思っていない。

再び河奈屋に潜入するのは、動かぬ証拠を握るためだ。さすれば全てを獄門送りにして、殺された人たちの意趣を晴らし、延いては真之介の遺志を果たすことになる。

それこそが自分の役目だと、音乃は考えていた。

北町奉行所を出たのが昼八ツ過ぎ。

先だってと同じ振袖を着て、大店のお嬢さまの形《なり》に扮し、河奈屋に入り込むのが夕の七ツ。そして、捕り方が踏み込むのが暮六ツと、一刻きざみの手はずが整った。

長八の調べで、栄太郎が店にいるのもたしかめてある。

「独りで乗り込んで、本当に大丈夫なのか？」

出かけ間際に丈一郎が、問うた。いざとなったら、やはり不安がつきまとう。

「これは、わたくし一人でしかできないことですので……」

「だが、一刻もの長い間、敵地に居させるのは心配でならん」

「相手を敵と知ったから心配なのです。ですからわたくしは、気ままに遊びのつもりでまいります。こちらが敵と思わなければ、相手もこちらを敵と思わないでしょう。孫子の兵法に『兵者詭道也』というのがあります。この意味は……」

音乃はここでも、敵を欺く一説を引き合いに出した。相手を騙し抜くという策略である。

「孫子の兵法にも、音乃は精通しているか？」

真之介にも、同じ問いをかけられたことがある。やはり父子と、音乃の顔に笑みが浮かんだ。音乃の笑顔に、丈一郎も安堵する。

「音乃の笑みを久しぶりに見たようだな。やはり、音乃は笑顔が似合う女御ぞ」

そういえば、真之介が死んでから音乃の笑顔はずっと消えていた。

「こういう顔をしていけば、相手もこちらの策に嵌るでしょう。あとは、お奉行所にお任せするだけです」

「なるほど、分かった。ならば、気をつけて行きなさい」

丈一郎に背中を押され、音乃は役宅を出ると、足を芝口の河奈屋へと向けた。

八

数日ぶりに、音乃は河奈屋の店先に立った。

店の内外で奉公人たちが一所懸命に働いている。先日と変わらない、光景であった。

「……お店が潰れるかもしれないけど、ごめんなさいね」

汗水を垂らし、大八車に油樽を積んでいる小僧に語りかけようにも、それは許されない。音乃は、罪のない奉公人たちに向けて、心で詫びた。

音乃が目指すのは三人。徳三郎と栄太郎、そして用心棒の芹沢である。

ふっと一つ息を吐き、音乃は真顔を笑顔へと変えた。

「お仕事、ご苦労さま……」

縄で油樽を縛る小僧に、音乃は声をかけた。音乃の笑顔に、十五歳にもなろうか、小僧の驚く表情であった。

「……きれいなお嬢さんだ」

店の敷居を跨ぐ音乃のうしろ姿を見つめて、小僧が呟いた。仕事の手が止まり、縛る縄が緩んだか、大八車から荷物が落ちそうになって、慌てて小僧が油樽を押さえた。

危うく店先に、大量の菜種油が撒かれるところであった。

「ごめんくださいまし……」

「おや、あなたさまは？」

にこやかな顔をして、先日応対した番頭が近づいてきた。

――この人も、お仕事がなくなるのね。

それを思うと気持ちが塞ぐ。

――いけない。ここは心を鬼にしなくては。

「若旦那さまにお会いしに来たの。栄太郎さんは、おいでかしら？」

「はい、おりますよ。こちらで、少々お待ちくださいませ」

人のよさそうな笑顔を残し、番頭自ら母家へと走った。

菜種油の香りが、ツンと鼻をつく。店中の柱が脂ぎって、テカテカに光っているように音乃には見えた。

やがて、廊下を伝わる足音が聞こえてきた。急《せ》くような、足取りであった。

「おや、あんた……？」

店の土間に立つ音乃に、栄太郎が驚く顔を向けた。

「先日は、ごめんなさい」

丁重に腰を折って、音乃は詫びた。

「いいから、そんなとこにつっ立ってないで、上がったらどうだい」

「裏に回りましょうか？」

「いや、ここからでいい」

「それでは、お言葉に甘えまして……」

音乃は店の板間に立つと、栄太郎と同じ高さの目線となった。音乃の上背は五尺四寸ほどあり、女としては大きいほうである。

「この間はいなくなったけど、どうしたんだい？」

「ごめんなさい、急用を思い出して。告げようと思ったのですが、お仕事がお忙しそうなので、そのままおいとまいたしました」

「そうだったのかい。そんなに忙しいことなんかないよ。こんな店先じゃなんだ、おれの部屋においでよ」

「はい、よろこんで」

二人のやり取りを、奉公人たちが好奇の目をして見やっている。

「おい、何をじろじろ見てる。仕事をしろ、仕事……」

栄太郎が、奉公人を厳しい口調で叱咤する。

「おい、お前。あとでこのお方の履物を、母家の戸口にもっていけ」

手代らしき者に、栄太郎が命じる。それらの言動に雇い主側の驕《おご》りを感じて、音乃は一瞬不快そうな表情をした。そして、すぐに顔を笑顔に戻して言う。

「お高い草履なので、気をつけて運んでね」

栄太郎に合わせるには、音乃もそれなりの態度を示さなくてはいけない。高慢なもの言いに、手代の不快そうな顔が音乃に向いた。

「さあ、奥に行きましょ」

人目をはばかることなく、栄太郎の腕に手を回した。

「よし。おれの部屋で、話をするとするか」

まんざらではなさそうな、栄太郎の表情である。丸い鼻がさらに上を向いた。

店から母家に伝わる廊下に来ると、音乃は絡まる栄太郎の腕を解いた。

廊下で、刀を手にする浪人風情とすれ違う。

その際、浪人と目が合った。非情さがこもる、冷たい目つきであった。何もかも見透かしたような眼力に触れ、音乃は瞬時に顔を逸らした。

――この男が、芹沢……。

双方が、廊下の中ほどで立ち止まる。

「若旦那、ずいぶんとお盛んのようだな」

「まあな。それより芹沢先生に、頼みたいことがあるんですが」

「頼みたいこと……？」

「ちょっと、いいですか」

音乃に聞かれてはまずいのか、少し離れたところでのひそひそ話であった。音乃の耳には入ってこない。

芹沢の冷酷そうな顔に、以前は真之介の同僚といっていたが、その面影らしきものはまったくない。どこかで人間が崩れたのだろう。男の末路を音乃は感じた。

やがて話がついたか、栄太郎が音乃のもとに戻ってきた。

「待たせてすまなかったな。さあ、行こうか」

「はい」

音乃は、すれ違う芹沢に小さく頭を下げて、栄太郎に従った。

今度は隣ではなくて、散らかった部屋に直《じか》に入った。

栄太郎の部屋は、相変わらず万年床が敷いてあり、散らかっていた。

「汚いとこで、すまないな」

「いいえ、片づけ甲斐があってうれしい」

「片づけるって、あんた。まさか、おれの……？」

嫁になるのかとまでは、栄太郎は言えない。

「ええ。ですからこうして、訪ねてきているのです」

「ほっ、本当かい？」

天にも昇る心もちか、栄太郎の声が上ずっている。

「冗談で、こんなことは言えません」

振袖を揺らし、恥じらう素振りで音乃は言った。

「おれは、あんたの名も知らねえが……」

「まだ名を言っておりませんでしたか？」

「ああ、聞いてないよ」

「それは、ごめんなさい。あたしの名は音乃。家は尾張町の小間物屋……」

「へえ、音乃ちゃんてのか。いい名だな」

身の上などどうでもよさそうである。音乃の話を遮り、栄太郎は言った。音乃は、出鱈目《でたらめ》の屋号を用意してきたが、それを口にすることはなかった。

「ちゃんづけなんて……もう、音乃と呼んでくださいな」

「分かったぜ、音乃。そうだ、親父にも会わせねえといけないな」

「ならば、すぐにも……」

「今は駄目だ。大事な客が来てるのでな」

「お客さんて？」

「勘定奉行の倅だ。今度うちは、油問屋の組合長になるんでな、そのことで便宜をはかってくれた恩人だ」

――板谷弥一郎が、今この家にいるのか。

勘定奉行の馬鹿息子が、この事件に絡んでいるのかと、音乃はやるせない思いとなった。

「あと四半刻近くもしたら客は帰るだろうから、そしたらだ」

「でしたらそれまで、もっと栄太郎さんのことを知りたい」

「知りたいって、どんなことだ？」

「栄太郎さんには、いい女《ひと》が本当にいないのですか？　これほどの男だってのに……」

心にもない煽《おだ》てで、栄太郎をくすぐる。

「どういうわけだか、いないのだな。この間も、見合いを断られちまった」

「へえ、断った相手って誰です？　こんなよいお話を、もったいない」

「同業の油問屋の娘でな、先だって相対死をしちまって今はこの世にいない」

「相対死ですって？　もしやそれは、お富ちゃんて名では……」

いよいよ、証拠固めに音乃は入る。

「音乃は、その娘を知ってるのか？」

「はい。針師匠のところで、一緒にお裁縫を習っておりましたから。でも、お調べではお富ちゃんは相対死ではなく、殺されたと……」

「なんで音乃は、そんなことを知ってる？」

栄太郎の、目の色が瞬時に変わった。鼻息を飛ばす様子から、冷静さを欠いたようだ。

「お奉行所の方が、針師匠のところに来て言ってましたから。それと、お富ちゃんとの相対死に見せかけ、男の人のほうも斬られて殺されたとか、おお恐い」

音乃は、ぶるっと怖気《おぞけ》を震《ふる》って、恐がる素振りをした。

栄太郎の額は、油が滲み出たように光っている。

──あと一息で、栄太郎を潰せる。

「その殺された男の方も、油問屋の倅さんだそうで」

音乃が揺さぶりをかけるも、

「もういいや、そんなつまらねえ話」

顔を逸らし、栄太郎が話の先を変えようとする。

「いったい、下手人て誰なんで……」

「もういいから、そのぐらいにしとけって」

これ以上突き詰めると、栄太郎は怒り出しそうだ。捕り手が駆けつけるまで、まだ半刻以上ある。今素性がばれるわけにはいかない。

「ごめんなさい。とにかく、恐い話だと思って……ところで、栄太郎さんの道楽ってなんですの？」

話題をガラリと変えて、部屋の中を舐め回すように見ながら、音乃は訊いた。

「仕事一本なんでな、道楽なんてないよ。組合長になるんで、これからもっと忙しくなるしな。まあ、しいて言えば、俳句を少々たしなむくらいかな」

「まあ、高尚なお趣味なこと」

「それほどでもねえさ」

「でしたらわたしのために、一句お願いできるかしら？」

「しょうがないな」

と言いつつ、栄太郎はまんざらでもなさそうだ。部屋の隅に、引き出しのついた文机がある。栄太郎は引き出しを開けると、俳句を詠む短冊と、矢立てを取り出した。顔を上に向け、栄太郎は考えている。やがて、何やら思いつくと短冊に一句綴った。

「こんなのでどうかな？」

夏の虫
　迷い込んだが
　　百年目

栄太郎は立ち上がると、丸めた紙で壁を叩いた。潰された小さな蛾《が》が、畳の上に落ちる。

風雅を愛でる俳句にしては、残虐な句であった。

「俳句というのは、見た情景を詠むものだ」

句のうしろに、栄太郎は『栄泉水《えいせんすい》』と俳号を書き込んだ。

「これを音乃にあげるよ」

「はい……どうも」

このとき音乃の心の中は、穏やかではなかった。夏の虫が自分だと、暗示しているようにも取れたからだ。

だが、栄太郎の態度から、それは微塵も感じられない。音乃は、努《つと》めて平静を装った。

「俳号だけでは、どなたのものか。短冊の裏に、お名をいただけないかしら」

お願いをする仕草で、音乃は媚びた。

「ああ、いいよ」

裏面に『河奈屋　栄太郎』と名を記した。

「ありがとう。大切に取っておきます。わたしの、お宝……」

ちょっと褒めすぎたかと、音乃は後悔をした。

「そろそろ、客が帰るころだ。挨拶をしなくちゃいけないので、ちょっと行ってくるから待ってな」

「はい、待ってます」

栄太郎が部屋から去り、よい機会が訪れたと音乃はほくそ笑む。

音乃は懐にしまっていた、起請文の書き方を手引きする小冊子を取り出した。

――これに、栄太郎のものだという証しをくっつければいい。

俳句の墨はまだ、乾ききっていない。

音乃は、裏面に書かれた名の下に、なるべく似た筆跡で『殿』と書き加え、しばらく置いた。

「……そろそろいいわ」

早くしないと、栄太郎が戻ってくる。

俳句の面に草紙紙をあて、音乃は短冊をお富のもっていた起請文のひな形の丁の間に、栞《しおり》のようにして挟んだ。そして、ぎゅっと押しつけると再び丁を開いた。

かすかに『河奈屋　栄太郎殿』と、逆さ字で読み取れる。

はっきりと写っていては具合が悪い。かといって、読み取れなければ水の泡である。ちょうど塩梅《あんばい》のよい写り方であった。

料理屋の受け取りか勘定書きを、栞に挟んでおいたものと見立てれば証しになると、音乃は踏んだ。

「嫌な俳句だけど、もって帰らなくては」

音乃は草紙紙に短冊を包み、小冊子と一緒に再び懐深くにしまい込んだ。

暮六ツに近い。

あとは、奉行所の到着を待つだけだ。それまで、四半刻ほどありそうだ。

栄太郎の戻りが遅いと思ったところで、足音が聞こえてきた。

それも数人――。

足音が、部屋の前で止むと同時に、ガラリと音を立て障子戸が開いた。

九

三人の足音であった。

真ん中にでっぷりと肥った徳三郎が、栄太郎と用心棒の芹沢に挟まれて立っている。

笑顔のない、むしろ苦々《にがにが》しい表情であった。長男の嫁を迎える雰囲気ではない。

企みが露見していることを、音乃は瞬時に悟った。

「そのお顔を拝見すると、どうやらお見通しのようでございますねえ」

観念するよりも、音乃は開き直った。半身に体を向けて、逃げるも攻撃するも動きやすい体勢で構えた。

「ああ、音乃がここに来たときからお前の用件は分かっていた。ずいぶんと、うまい芝居を打《ぶ》つものだな。騙された振りをするのも、骨が折れたぜ」

とっくの昔に、栄太郎は正体に気づいていたのだ。

「真之介が生きていれば、いつかはここに来ると思っていた。だが、死んだと知って安堵していたが、まさか女房が来るとは思わなかった。さっき、廊下ですれ違わなかったら……」

用心棒の芹沢が、不敵な笑いを顔に宿して言った。

「真之介の女房の顔がべっぴんだってことは、俺も知っていたさ。旦那とは、昔の同僚だったからな」

音乃のことを、芹沢が知っていたとは誤算であった。

廊下で会ったときの、冷たい眼はそれであったかと音乃は気づき、足を一歩引いた。

「すると、あのとき……？」

「若旦那に、告げておいたってことだ」

「おれのほうが、芝居がうまかったってことだな。客が帰るまで、引きつけておくことができたからな」

得意げな顔となって、栄太郎が言った。

「死んだ旦那の代わりに、ここに来たのか？」

芹沢が問うた。

「ええ、そう。こんな男の嫁になりたくて、来たんじゃないのはたしか。あんたらの悪事の数々は、みんなお見通しよ。ばれてちゃあ仕方がないわね、閻魔の女房があんたらを地獄に送ってあげるってこと」

威勢のいい啖呵を吐いたものの、音乃は得物をもっていない。

真之介と同じほどの剣の腕前である芹沢に、素手でどう立ち向かえばよいのか。それだけが、音乃の憂いであった。

「よくも、騙してくれたな。少々面《つら》がいいからといって、人を馬鹿にしくさって」

栄太郎が、怒りあらわに口にする。猪面の目が、真っ赤に血走り、今にも猛進しそうであった。

「お顔などどうでもいい。あたしがあんたを馬鹿にしてるのは、その腐った性根よ。いいものを見せてやる」

ばれては仕方がないと、音乃は懐にしまった、冊子を取り出した。

「あっ、それは」

丁をめくって、音乃は見せた。もう、隠すことはない。

「ここに書かれているのは、お富ちゃんがもってた起請文のひな形。どう、栄太郎さんのもので間違いないでしょ。ここに、あんたの名が写っているから……」

「そいつは、さっき……あっ、それで」

「これが栄太郎さんのものと、証しが立てられればそれでいいの」

音乃はなるべく時を稼いだ。だが、まだ捕り手が駆けつけるには間がありそうだ。

「先生、この女を生かしてちゃ……」

徳三郎が、芹沢をけしかける。

「美しい女を手にかけたくはないが、仕方あるまい。すぐさま旦那のもとに送ってやるから、覚悟いたせ」

芹沢は、おもむろに刀を抜くと切先を音乃の顔に向けた。

「先生、この部屋を血で汚さないでください」

栄太郎が、芹沢に頼み込む。

「分かったから、二人は下がっておれ」

芹沢は、棟で音乃を叩こうと物打ちを返した。

「気を失わせて、江戸湾にでも放り込んでおけばよかろう。正次郎のときはしくじったが、今宵は満潮ではなく引き潮だ。江戸湾の、遥か沖まで流されるだろうよ」

これで正次郎殺しが明かされたが、生きて帰らねばなんの意味もない。

――こんなとき、真之介さんならどうするの？

絶体絶命の危機に陥り、音乃の脳裏をそんな思いがよぎる。

すると――。

『あきらめるんじゃねえ』

真之介の声が、地の底から聞こえてきたような気がする。音乃は素手で戦おうと決め、拳《こぶし》を握った。

芹沢が、一歩前に踏み出せば、音乃の体はどこかを打たれるはずだ。肩か、胸か、脇腹か。いずれにしても、激痛で気を失うことはたしかだ。そのまま目が覚めず……音乃は江戸湾に浮かぶ自分の姿を想像した。

切先が、鼻先四寸と迫る。

音乃は後じさりしながら、その間を保った。

一太刀、二太刀ならばなんとかかわすことができよう。しかし、三太刀目を避ける自信はなかった。

背中に、隣部屋の襖がくっつく。

「もう、逃げられないぞ。うしろの襖を開けたと同時に、この剣が打ち下ろされる。それで、お陀仏《だぶつ》だ。地獄で、旦那と仲良く暮らせ」

芹沢の足が半歩前に、繰り出された。同時に、刀が振り下ろされる。そんな、間合いに入った。

「一つだけ、この世の名残《なごり》に教えて」

音乃の言葉に、既《すんで》で芹沢は刀を止めた。

「なんだ？」

「留吉という船頭を殺したのは、あなた？」

「ああ、そうだ。余計な口は、封じておかんといかぬでな」

「お富ちゃんを殺したのも……？」

「いや、あれは別の者だ。もう、よかろう……」

どういうわけか、芹沢が口を濁した。

「あたしを殺しても、もうじきお奉行所が来る手はずになっている。どの道、あんたらは助からないのを知っておきな。あたしの言いたいのは、これだけ。さあ、殺《や》るならさっさと殺って……」

音乃が言い終わる間際であった。

うしろの襖が五寸ばかり開くと、その隙間から刀の柄が差し込まれた。

――いったい誰が？

と、考えている間もないほど、咄嗟の判断であった。

鯉口《こいぐち》は切れている。音乃はそれを片手でつかむと居合の如く刀を抜いた。

同時に、芹沢が上段から打ち込んできた。

芹沢の一太刀をかいくぐって避けると、音乃は横一文字に一閃を払った。

音乃の刀のほうが、一瞬早く相手の体をとらえた。

刀の棟が胴を打った。

肝の臓を打ち破るような不快な手応えを音乃は感じた。

ガクッと膝を崩す芹沢の肩口を、返す刀でもう一撃放つ。

芹沢の体から、飛び散る血潮はなかった。

「あなたが油断しなければ、あたしのほうが殺《や》られていた」

万年床の上で蠢《うごめ》く芹沢に向け、音乃が呟くように言った。

徳三郎と栄太郎の顔が、恐怖で引きつっている。仁王立ちする音乃の姿に、逃げる気力さえ失っていた。

「部屋を、血で汚さないようにしてやったわよ」

返事もできず、ただただ栄太郎は震え上がるだけだ。

「襖の向こう側にいたのはどなた？」

音乃が、襖越しに声をかけた。すると、襖が半間《はんげん》開き入ってきた男に、音乃は仰天する。

「あっ、あなたは」

「お怪我はなかったですかい？」

普段風呂焚きなどを手伝ってくれている、源三が笑みを浮かべて言った。

「たいした啖呵でしたぜ。音乃さんが、これほどやるとは……」

「なぜ、源三さんがここに？」

「風呂を沸かしに行ったら、ご隠居さんに頼まれまして……」

「お義父さまから……？」

音乃が手にしている刀は、戸袋にしまっておいた自分の愛刀であった。

これを得物にして、もう一か所行くことを思いついた。

――お富ちゃんの、仇を討たなくては。

あたしの手で始末してやると、音乃は意気込む。

「詳しいことはあとで聞きます。源三さん、一緒に来ていただけますか？」

「この場は……？」

「間もなく、奉行所が踏み込んできます。それに任せて……」

「分かりやした。ちょっと、待っててください」

源三は、ただ呆然とつっ立っている徳三郎と栄太郎の腹を目がけて、力一杯の当て身を放った。

「これで、当分起き上がれんでしょう」

音乃が店に回ると、母家で何があったかも知らずに、奉公人たちが忙しく働いている。

――ごめんなさい。このお店はもうお終《しま》いなの。

音乃は奉公人たちに向け、心で詫びた。

「いけない、草履は母家の戸口にあったのだわ」

音乃と源三が戸口へと回り、母家から出たときちょうど、裏戸のほうから捕り手が十人ほど入ってきた。

陣笠を被り、火事羽織を纏った与力の梶村が、鎖帷子《くさりかたびら》を胸に見せ、額に鎖鉢巻をした同心二人と捕り手を従えている。物々しい出動であった。

「せっかくですが、もう片がついています。母家の榑縁廊下を伝っていけば、三人が気を失って倒れている部屋があります。悪いのはその三人だけでして、奉公人の方たちは関わりありません。それでは、あたしたちは……」

「音乃さんは、これからどちらに？」

「地獄の閻魔が、もう一人連れてこいって言ってます」

与力の梶村の問いに、音乃が答えた。

「はあ……？」

意味が咄嗟には分からず、梶村の訝しそうな顔となった。

捕り手にあとを任せ、音乃と源三は外へと出た。

暮六ツまえで、まだ空には明るさが充分残っていた。

向かうは、築地の坂上数馬の屋敷である。

振袖に刀は似合わない。音乃の刀は、源三にもってもらった。

坂上の屋敷の門前まで来ると、反対方向を馬に乗って去る裃《かみしも》を纏った武士の姿があった。

正門が開いているところは、坂上の屋敷から出てきたものに違いない。

「……お目付さま？」

馬に乗った侍を、音乃は目付と取った。

「お触れが出たなら、もうあたしたちの出番はないかも……」

「音乃さんは、ここに殴り込みをかけにきたのですか？」

源三が、音乃の刀を抱えながら訊いた。

「やくざじゃないですもの、殴り込みだなんて。ただ、真之介さまが、やっつけてこいって……」

「そうだったのですかい」

音乃の心根を知って、源三が鼻にかかった声で返した。

「でも、その必要はなさそう」

開いた門から、中の様子がうかがえる。坂上の家来たちの、慌てた様子が見て取れた。

「たっ、大変だぁー」

「とっ、殿がお腹を召された」

音乃はその声を聞くや、坂上の屋敷に向けて呟く。

「……お富ちゃん。仇は討てなかったけど、勘弁して」

お富は、この屋敷の中で殺されたのだろうと音乃は取った。掌を合わせ、音乃は深く頭を下げた。

源三も、倣《なら》って合掌をする。

「さて、帰りましょうか」

源三との話が途中で終わっていた。そのつづきを、音乃は帰路の道々で聞いた。

「ご隠居さんから、音乃さんを助《すけ》てやってくれと頼まれまして。ええ、ご隠居さんは、何もかもご存じでした」

「そうでしたか」

音乃が得心できたのは、隠しておいた刀の在り処を知っていたことだ。

「あのお方は、真之介さんのお父上ですぜ。凄い遣り手だけに、隠居はもったいねえ。旦那に頼まれ、あっしも久々に血が騒ぎましたぜ」

言う源三を、音乃は頼もしく感じていた。

「どうやって、河奈屋に潜んだのです？」

「あんな手透きの家、簡単に侵入できやす。もっとも、それができなきゃ岡っ引きは務まりやせんでさ」

誰もができるわけではなかろうと音乃は思ったが、それを口にすることはなかった。

「どのあたりから、隣の部屋に控えてました？」

「栄太郎との、ひそひそ話ってところでは、天井裏にいやした。音乃さんはそこでもって、用心棒の芹沢に露見されてたのが分かりやした。それからは、ずっと隣の部屋に……」

源三の肩口に、蜘蛛《くも》の巣がくっついているのはそのためだったかと、音乃は得心した。

十

それから二日ののちのこと。

音乃と丈一郎は、北町奉行の榊原に呼ばれた。

先だってと同じ行司役のように、与力の梶村も取りもちとして座る。

「こたびはご苦労であった。わしからも礼を言うぞ」

まずは、榊原の労《ねぎら》いであった。

「河奈屋の三人が白状をした。起請文の手引書が、動かぬ証しであった。一部異なるところもあるが、おおよそ先だって読んだ真之介の書き付けと相違なかったぞ」

――真之介さま、やりましたね。

込み上げる感情を、音乃はぐっと堪えた。それでも、涙が一滴膝の上に落ちた。

それに気づいたか、榊原が小さくうなずくも、つづく言葉は別のほうに向いた。

「芹沢はよく知る男だ。かなりの剣の遣い手であったが、よくぞ討ち取ったな」

「はい。お義父上のおかげです」

「丈一郎か……いったいどういうことだ？」

音乃は、源三から聞いた話をまじえ、栄太郎の部屋でのことを語った。

「さすが、北町の鬼といわれた男だな。まだまだ隠居はもったいない」

「はっ」

丈一郎は平伏をする。

「ところでだ……」

榊原の話は、旗本坂上数馬に及ぶ。

「坂上の自害は、目付が踏み込む前になされたそうだ。おそらく勘定奉行の板谷の差し金であろうが、その上にご老中までもが絡んでいては手に負えない。蜥蜴《とかげ》の尻尾《しっぽ》の如く、坂上は詰め腹を切らされたのであろう」

榊原の話に、板谷弥一郎には別のことで決着をつけてやらねばと、音乃は憤りを胸の奥にしまった。

「お富殺しの経緯《いきさつ》は、梶村の口から聞かせてやれ」

三枡屋お富殺しの真相が、梶村によって語られた。

行儀見習いで、お富が坂上の屋敷に上がったのは河奈屋徳三郎の紹介によってであった。

その日、縁談を断られた栄太郎が坂上の屋敷で、お富が来るのを待っていた。風呂敷に身の周りのものを包み、やってきたお富の前に栄太郎が姿を現す。恋慕が募り言い寄る栄太郎に、お富は激しく抗った。

「──あんたみたいな男なんか！」

お富の一言に、栄太郎は激した。愛しさよりも憎さが勝る。刀架にかかった坂上の脇差を手にして鞘から抜くと、お富の胸を目がけて一刺し。

われに戻った栄太郎は、坂上に泣きつく。坂上は、口止め料として五百両を求めた。

そして、栄太郎に相対死の策を授けた。

栄太郎は本屋を漁《あさ》り、起請文の書き方を述べた小冊子を見つけその一文をひな形にした。

「調べたが、お富がもっていた起請文は、当人の筆跡とは違っていた。それを突き詰めると、栄太郎が女子の字に似せて書いたと白状した」

与力の梶村の口であった。

相対死には、相手の男がいる。徳三郎は、それに泉州屋の正次郎を選んだ。組合長の椅子を目指す邪魔者を、これで排除することができれば一石二鳥とばかりに。

遊び人の正次郎は、留吉とも顔見知りであった。酒の席に誘い、そこには芹沢もいた。どんどん酒を奢り、酔い潰された正次郎は川舟に乗せられる。

揺れる舟の中で、正次郎は目を覚ました。ここはどこだと、正次郎が舟の上で立ち上がるときが、命を失うときでもあった。

袈裟懸けに一刀、芹沢の居合斬りであった。

舟の縁に体をもたせて正次郎は絶命する。

予め用意していた彫り物の道具を留吉は懐から取り出すと、正次郎の二の腕をめくり『おとみ命』と墨を入れた。

その前日、お富の腕にも入れ墨をして、浜町堀の川口橋に運んだのも留吉であった。

全ては留吉を交えた五人の共謀であった。

しかし、その留吉も口封じのために芹沢に斬り殺された。大島橋の一町上の、蛤《はまぐり》町の新堀の土手に血の跡があったと実証された。

真之介の亡くなった夜、二人で綴った筋書きと同じであった。

ただ一つだけ、お富の実の仇は坂上ではなく、栄太郎であった。そこだけが取り違えであった。

捕らえられた三人は、間違いなく死罪になるだろう。

「あとは、真之介さまが地獄で裁いてくれる」

一蓮托生で真之介のもとに送り込んでやった。

「……これでよかった」

と、音乃は誰にも聞こえぬほどの声で呟いた。


真相を聞かされ、北町奉行との面談は済んだ。

「それでは、失礼を……」

丈一郎が頭を下げたところで、榊原から声がかかった。

「ちょっと待て、丈一郎。そんなに急いで帰ることはあるまい」

「はっ？」

榊原の真意が分からず、丈一郎が頓狂な声を出した。

「これからは、ここにいる四人だけの話である。遠いので、近う寄らぬか」

榊原が膝を繰り出すと、梶村も倣った。音乃と丈一郎も体を前に送り、四人は車座となった。

「丈一郎、音乃を奉行所に貸してはくれぬか？」

いきなりの榊原の言葉に、音乃と丈一郎は驚いた顔で互いを見合った。

「どのようなことで……？」

戸惑う、丈一郎の問いであった。

「音乃のこたびの活躍、恐れ入った。真之介の代わりといっては無理があるが、この奉行の直轄の影同心として、役に立ってもらいたいと思っての……」

音乃には望むところであったが、丈一郎がなんと答えるか。

「真之介が亡きあと、音乃はうちの嫁ではございません。ほかに幸《さち》を求めるなら、好きにさせたいと存じます」

「いや、待て丈一郎。いくら女傑であろうが、音乃一人では無理も出よう。そこで、おぬしの協力も仰ぎたいのだ」

「いかにお奉行様のお申し出でありましょうとも、やはり音乃は女であります。その幸せを、舅としては願いたく……」

「それは充分に心得ている。だがの、これから江戸の治安はますます悪くなる。それを治めるのは、たしかに町奉行所の役目。しかるに、真之介ほどの同心がいればよいのだが、なかなかのう……」

人材に困り果てているのか、奉行が愚痴をこぼす。

「これほど、わしが頭を下げても駄目か？」

「申しわけございません」

丈一郎は、毅然としてつっぱねる。

「音乃の気持ちはどうだ？」

「お義父上の申されますことに、従いまする」

音乃が、腰を折って答える。

「左様か。ならば、三度目を乞う……あっ、おぬしら諸葛孔明《しょかつこうめい》の『三顧《さんこ》の礼《れい》』を倣ったとでも……」

榊原に肚を見透かされたか、丈一郎と音乃は顔を見合わせ、笑みを浮かべた。

「このことは、ここにいる四人だけが知ることぞ。梶村、間を取りもってくれ」

「かしこまりました」

梶村が深く頭を下げた。

「それと、知っておいていただきたいお方が二人おります」

音乃が嘆願をする。

「それは誰だ？」

「お義母上さまと、源三さんです。このお二人の後ろ盾がないと、やりづらくなります」

「なるほどな」

榊原が、得心したとうなずく。

「これほどの美貌ならば、まだまだ嫁ぎ先はありますでしょうが、当分はうちの嫁としておくことにします。音乃、それでよいのか？」

丈一郎が、改めて音乃の気持ちをたしかめる。

「もちろん、望むところです」

音乃ははっきりとした口調で答えた。

音乃の頭の中では、この先どれほどの悪人たちを真之介のもとに送り込めるかと、そんな思いが巡っていた。

時代小説
二見時代小説文庫

閻魔《えんま》の女房《にょうぼう》 北町影同心《きたまちかげどうしん》1

著者 沖田《おきだ》正午《しょうご》

発行所 株式会社 二見書房
東京都千代田区三崎町二−一八−一一
電話 〇三−三五一五−二三一一［営業］
〇三−三五一五−二三一三［編集］
振替 〇〇一七〇−四−二六三九

印刷 株式会社 堀内印刷所
製本 ナショナル製本協同組合

ISBN978−4−576−15207−3
http://www.futami.co.jp/

過去からの密命 北町影同心2

沖田正午［著］

音乃は亡き夫・巽真之介の父である元臨時廻り同心の丈一郎とともに、奉行直々の影同心として働くことになった。嫁と義父が十二年前の事件の闇を抉り出す！

べらんめえ大名 殿さま商売人1

沖田正午［著］

父親の跡を継ぎ藩主になった小久保忠介。財政危機を乗り越えようと自らも野良着になって働くが、野分で未曾有の窮地に。元遊び人藩主がとった起死回生の秘策とは？

ぶっとび大名 殿さま商売人2

沖田正午［著］

下野《しもつけ》三万石鳥山藩の台所事情は相変わらず火の車。藩主の小久保忠介は挫けず新しい儲け商売を考える。幕府の横槍にもめげず、彼らが放つ奇想天外な商売とは⁉

運気をつかめ！ 殿さま商売人3

沖田正午［著］

暴れ川の護岸費用捻出に胸を痛め、新しい商いを模索する鳥山藩藩主の小久保忠介。元締め商売の風評危機、さらに鳥山藩潰しの卑劣な策略を打ち破れるのか！

悲願の大勝負 殿さま商売人4

沖田正午［著］

降って湧いたような大儲け話！ だが裏に幕府老中までが絡むというその大風呂敷に忠介は疑念を抱く。東北の貧乏藩を巻き込み、殿さま商売人忠介の啖呵が冴える！

陰《かげ》聞《き》き屋 十兵衛

沖田正午［著］

江戸に出た忍《しのび》四人衆、人の悩みや苦しみを陰で聞いて助けます。亡き藩主の遺恨を晴らすため、亡き萬が揉め事相談を始めた十兵衛たちの初仕事はいかに⁉ 新シリーズ

刺客請け負います 陰聞き屋 十兵衛2
沖田正午［著］

藩主の仇の動きを探るうち、敵の懐に入ることになった陰聞き屋の仲間たち。今度は仇のための刺客や用心棒まで頼まれることに…。十兵衛がとった奇策とは⁉

往生しなはれ 陰聞き屋 十兵衛3
沖田正午［著］

悩み相談を請け負う「陰聞き屋」なる隠れ蓑のもと、仇討ちの機会を狙う十兵衛と三人の仲間たち。今度こそはと敵に仕掛ける奇想天外な作戦とは⁉ ユーモアシリーズ！

秘密にしてたもれ 陰聞き屋 十兵衛4
沖田正午［著］

仇の大名の奥方様からの陰依頼。飛んで火に入るなんとやらで絶好の仇討ちの機会に、気持ちも新たに悲願達成を目論むが。十兵衛たちの仇討ちユーモアシリーズ第4弾！

そいつは困った 陰聞き屋 十兵衛5
沖田正午［著］

押田藩へ小さな葛籠を運ぶ仕事を頼まれた十兵衛。簡単な仕事と高をくくる十兵衛だったが、葛籠を盗まれてしまう。幕府隠密を巻き込んでの大騒動を解決できるか⁉

一万石の賭け 将棋士お香 事件帖
沖田正午［著］

水戸成圀は黄門様の曾孫。御侠《おきゃん》で伝法なお香と出会い退屈な隠居生活が大転換！ 藩主同士の賭け将棋に巻き込まれて…。天才棋士お香は十八歳。水戸の隠居と大暴れ！

娘十八人衆 将棋士お香 事件帖2
沖田正午［著］

御侠なお香につけ文が。一方、指南先の大店の息子の拐かしを知ったお香は、弟子である黄門様の曾孫・梅白に相談するが、今度はお香が拐かされ…。シリーズ第2弾！

二見時代小説文庫

幼き真剣師　将棋士お香 事件帖3

沖田正午［著］

天才将棋士お香は町で大人相手に真剣師顔負けの賭け将棋で稼ぐ幼い三兄弟に出会う。その突然の失踪に隠された、とある藩の悪行とは⁉ 娘将棋士お香の大活躍！

公家武者 松平信平《のぶひら》　狐のちょうちん

佐々木裕一［著］

後に一万石の大名になった実在の人物・鷹司松平信平。紀州藩主の姫と婚礼したが貧乏旗本ゆえ共に暮せない。町に出ては秘剣で悪党退治。異色旗本の痛快な青春！

姫のため息　公家武者 松平信平2

佐々木裕一［著］

江戸は今、二年前の由比正雪の乱の残党狩りで騒然。背後に紀州藩主頼宣追い落としの策謀が……⁉ まだ見ぬ妻と、舅を護るべく、公家武者松平信平の秘剣が唸る！

四谷の弁慶　公家武者 松平信平3

佐々木裕一［著］

結婚したものの、千石取りになるまでは妻の松姫とは共に暮せない信平。今はまだ百石取り。そんな折、四谷で旗本ばかりを狙い刀狩をする大男の噂が舞い込んできて…。

暴れ公卿　公家武者 松平信平4

佐々木裕一［著］

前の京都所司代・板倉周防守が狩衣姿の刺客に斬られた。狩衣を着た凄腕の剣客ということで、疑惑の渦中の信平に、老中から密命が下った！ シリーズ第4弾！

千石の夢　公家武者 松平信平5

佐々木裕一［著］

あと三百石で千石旗本！ そんな折、信平は将軍家光の正室である姉の頼みで父鷹司信房の見舞いに京へ…。松姫への想いを胸に上洛する信平を待ち受ける危機とは⁉

二見時代小説文庫

妖《あや》し火　公家武者 松平信平6
佐々木裕一［著］

江戸を焼き尽くした明暦の大火。千四百石となっていた信平も屋敷を消失、松姫の安否も不明。憂いつつも庶民救済と焼跡に蠢く企みを断つべく、信平は立ち上がった！

十万石の誘い　公家武者 松平信平7
佐々木裕一［著］

明暦の大火で屋敷を焼失した信平。松姫も紀州で火傷の治療中。そんな折、大火で跡継ぎを喪った徳川親藩十万石の藩士が信平を娘婿にと将軍に強引に直訴してきて…。

黄泉《よみ》の女　公家武者 松平信平8
佐々木裕一［著］

女盗賊一味が信平の協力で処刑されたが頭《かしら》の獄門首が消え、捕縛した役人も次々と殺された。下手人は黄泉から甦った女盗賊の頭⁉ 信平は黒幕との闘いに踏み出した！

将軍の宴　公家武者 松平信平9
佐々木裕一［著］

四代将軍家綱の正室顕子女王に京から刺客が放たれたとの剣呑な噂が…。老中らから依頼された信平は、家綱主催の宴で正室を狙う謎の武舞に秘剣鳳凰の舞で対峙する！

宮中の華　公家武者 松平信平10
佐々木裕一［著］

将軍家綱の命を受け、幕府転覆を狙う公家を倒すべく信平は京へ。治安が悪化し所司代も斬られる非常事態のなか、宮中に渦巻く闇の怨念を断ち切ることができるか！

乱れ坊主　公家武者 松平信平11
佐々木裕一［著］

信平は京で息子に背中を斬られたという武士に出会う。京で〝死神〟と恐れられた男が江戸で剣客を襲う⁉ 身重の松姫には告げず、信平は命がけの死闘に向かう！

二見時代小説文庫

領地の乱 公家武者 松平信平12
佐々木裕一［著］

天領だった上総国長柄郡下之郷村が信平の新領地に。坂東武者の末裔を誇る百姓たちと公家の出の新領主の相性は!? 更に残虐非道な悪党軍団が村の支配を狙い…。

赤坂の達磨《だるま》 公家武者 松平信平13
佐々木裕一［著］

信平は桜田堀で、曲者に囲まれた一人の老侍を助けた。男は元備中成井藩の江戸家老で、達磨先生と呼ばれる男であった。五万石の備中の小藩に吹き荒ぶ嵐とは!?

闇公方《やみくぼう》の影 旗本三兄弟 事件帖1
藤水名子［著］

幼くして父を亡くし、母に厳しく育てられた、徒目付組頭の長男・太一郎、用心棒の次男・黎二郎、学問所に通う三男・順三郎。三兄弟が父の死の謎をめぐる悪に挑む！

徒目付《かちめつけ》密命 旗本三兄弟 事件帖2
藤水名子［著］

徒目付組頭としての長男太一郎の初仕事は、若年寄からの密命！旗本相手の贋作詐欺が横行し、太一郎は、敵をあぶりだそうとするが、逆に襲われてしまい……。

六十万石の罠 旗本三兄弟 事件3
藤水名子［著］

尾行していた吟味役の死に、犯人として追われる太一郎。何者が何故、徒目付を嵌めようとするのか!? お役目一筋が裏目の闇に見えぬ敵を両断できるか！第3弾！

将軍の跡継ぎ 御庭番の二代目1
氷月葵［著］

家継の養子となり、将軍を継いだ元紀州藩主・吉宗。吉宗に伴われ、江戸に入った薬込役・宮地家二代目「加門」に将軍吉宗から直命下る。世継ぎの家重を護れ！